HOME WATERS

A Chronicle of Family and a River

JOHN N. MACLEAN

For information, address Harper Collins Publishers, 195 Broadway, New York, NY 10007.

HarperCollins books may be purchased for educational, business, or sales promotional use. For information, please email the Special Markets Department at SPsales@harpercollins.com.

FIRST EDITION

Designed by Lucy Albanese
Wood engravings by Wesley W. Bates
Endpaper map by Nick Springer/Springer Cartographics LLC

Library of Congress Cataloging-in-Publication
Data has been applied for.
ISBN 978-0-06-294459-7
21 22 23 24 25 LSC 10 9 8 7 6 5 4 3 2 1

ダン、ジョン・フィッツ、ジェイコブ、ノア、ジョディ、そして彼らの家族へ

目次

プロローグ ―― ブラックフット・リバーにて

モンタナ州北西部を流れるブラックフット・リバーには、伝説の巨大ニジマスが生息している。私は幼い頃からこの川で釣りをしてきたが、初めて釣り竿《ざお》を持った日から何十年もの間、その伝説の巨大ニジマスを釣り上げることが夢だった。年齢と共にフライフィッシングのスキルは向上し、釣り上げる魚のサイズは上がっていった。なかにはモンタナ基準での大魚もいたが、それを伝説の巨大ニジマスと呼ぶのは、ブラックフット・リバーへの冒瀆《ぼうとく》であることはわかっていた。

伝説の巨大ニジマスが生息しているポイントはきわめて限定されている。不思議なことに、彼らはいかにも大物が好きそうな倒木が寄せ集まった場所や、氷山のような大岩の周囲を敬遠する。オレたちには狭過ぎるぜ、と言わんばかりに。そして、水深のある深い淵だけをすみかとしていた。そんなポイントのいくつかは釣り人との決闘場となり、後世に史跡として名を残すことになった。その代表的なポイントに、私の父ノーマン・マクリーンが『マクリーンの川（A River Runs Through It　樋口久雄訳　集英社文庫）』で描いて知られることになった「マッチモア・ホール」があった。あるいはブラックフット・リバーの豊穣《ほうじょう》さを知っているベテランフィッシャーならば、この川には名のとおりもっと多くの「マッチモア・ホール」があると言うかもしれない。しかしながら、じつは「マッチモア」というのは、「もっと多くの」という意味ではなく、１８９５年にこの地に移住してきたマッチモア家由来であることを、ここで明らかにしておく必要があるだろう。

半世紀前に父が『マクリーンの川』で描写した元祖マッチモア・ホールは、そのさらに半世紀前からそこにあり、そして今なお深い水をたたえて、しっかりとそこに存在しつづけている。マッチモア・ホールはただ深いだけのプールとははっきりと一線を画している。まず流れは、浅く長い早瀬で始まり、水は川幅いっぱいに広がったフラットな岩床の上を分厚く、しかし滑るように流れる。ところがその平たい岩盤の川底が、唐突に川幅の半分だけ陥没して平和なクルーズが終わりを告げるのだ。このいびつな川底の特性こそが、このマッチモア・ホールを伝説にしているのである。岩盤の底が消え失せた川幅半分の水流は行き場を失って失速し、巨大な下降流となって反転する。たちまち水面の大部分は猛々《たけだけ》しい咆哮《ほうこう》を上げる悪魔的な流れへと変貌《へんぼう》する。一方で反対側は、ひたすら勢いよく岩盤上を下流に向かってストレートに流れ下りつづける。この左右の極端な水流の速度差でとてつもなく大きな渦巻きができるのだ。渦巻きはあらゆる流下物を集め、下流部で底の抜けたバスタブのようになったプールに流れ込む。そして伝説の巨大ニジマスたちは朝晩の食事時になると、上流からケータリングされたごちそうが並ぶ、このテーブルに集結するのだ。

昔からマッチモア・ホールには、魚が向こうから勝手にクリール（魚籠《びく》）に飛び込んで来てくれるという噂《うわさ》があった。そんな話を聞きつけた幼い私は、父に連れていってほしいとねだったが、毎回却下された。マッチモア・ホールにアクセスするためには牧場を横切らなければならないが、かつてはマッチモア一家が所有していたその牧場の持ち主が不明である以上、立ち入ることはできないと言うのだ。それはおそらく事実だったろう。しかしじつのところ、父は自分の胸にしまってある多くの思い出が、合法的な形で誰にも邪魔されずに残されていることを、かえって喜んでいたのではないだろうか。

そんな私の幼少期から数十年が経過した後、この牧場はシカゴの実業家ジェイ・プロップスという新しいオーナーの手に渡ることになった。当時、私はシカゴ・トリビューン紙の報道記者として働いていたのだが、神のみぞ知る何らかの偶然で、同じくシカゴに暮らすプロップス夫妻の知己を得たのだ。私たちが初めて会ったとき、ジェイと妻のケイは、*『ア・リバー』の舞台となった場所を探訪するために西部を旅していたが、彼らの夢は、まさにその舞台となったブラックフット・リバーに牧場を持つことだった。信じられないことにはマッチモア・ホールに面した牧場が売りに出ていて、私はまるで自分のことのように興奮した。プロップス夫妻にまさしくその牧場が接している場所で、ポールが伝説の巨大ニジマスを釣り上げたのだと説明すると、二人は目を輝かせたが、販売価格を知るなり途端に意気消沈してしまった。しかしながら、高額だったことがかえって幸いしたのか、牧場は買い手がつかないままの状態が長らくつづき、その間にプロップスのビジネスは大躍進し、ついにマッチモア・ホールは彼らのものとなったのである。

シーリー・レイク湖畔に避暑用のキャビンを持っていた私が、ジェイと一緒に釣りをするようになったのは、彼らが牧場を手に入れた年の夏からのことだ。こうして永遠の蜃気楼《しんきろう》と思われたマッチモア・ホールが、ひょんなことから突然、私の眼前に現出することになったのである。

あれはジェイと私が一緒に釣りをするようになって何度目のことだったのだろうか。あの明るく風の強い日、マッチモア・ホールに魚の気配はなかった。急流の水面に映り込んだ太陽が、硬い金属のような鋭さで荒々しく白銀色に輝いていた。こんな時間帯、大半の魚は深場に潜んで夕暮れのディナータイムを待っているものだ。そう思った私はさほど期待もせずに、正面の急流に向かって数歩ウェーディングしてからサーモンフライをキャストした。上流側の荒々しい水面を見え隠れしながら下ってきた毛鉤《けばり》が、フラットになっているポイントに入った瞬間だった（訳注：サーモンフライはアメリカ西部に生息する体長五センチほどの大きなカワゲラ。サーモンを釣るために作られたフライもサーモンフライと呼ばれるが、この大きなカワゲラを模したフライもサーモンフライと呼ばれるからややこしい）。

そのニジマスはゆっくりと水面に浮上してきた。まるで潜水艦のように、と表現するのがおおげさだと言うならば百歩譲って、イルカのように、と言い直してもいい。大きなフライを吸い込んだその口は、まるで肉食獣のようだった。クリムゾンレッドの帯を水面に揺らめかせ、まるで何事もなかったかのように、ゆっくりと水中に沈んでいった。その堂々とした食いっぷりに、私もほんとうに何事もなかったのではないかと思いかけたが、気を取り直し、一拍置いて大きくロッドをあおった。ドン！　フライロッドを通して腕に伝わってきた強い衝撃に、私のアドレナリンは一瞬にして私の全身を一周した。ついに私は、伝説の巨大ニジマスとつながったのだ。

「まるでサーモンだ！」

ジェイは一声そう叫ぶと、自分のロッドを投げ捨てて、岩に立てかけていた柄の長いネットをつかんだ。魚は川の流れを利用して、下流に下りつづけた。映画ではブラット・ピットが（じっさいにはスタントのジェイソン・ボーガーが）泳ぎながら下ったプールを、しかし私は岸際を駆け下った。私が使っていたリールはロス製のガニソンG2で、魚に走られるたびに勢いよく逆回転して、フライラインを吐き出した。ロッドは地元モンタナのツインブリッジスを拠点としているフライロッド・メーカー、R・L・ウインストンの九フィート、五番のボロンⅢX。他のメーカーに比べてウインストンのティップ（訳注：フライロッドの先端部分）はいい意味でソフトなのだが、魚の大きさを見てしまうと、その五番のロッドが雑魚《ざこ》釣り用の延《の》べ竿に見えてきた。その夏の初めに、同じロッドで大物を逃した悪い記憶が脳裏にちらつく。じっさい、とてつもないパワーが私の手元に伝わってきた。ロッドのティップをしっかりと立てながら、反発力が強過ぎない程度にプレッシャーをかけつづける。若い頃は力任せの引っ張り合いの末に、何度も大物を失った。とうてい若者とは呼べない年齢の私は、未熟な方法でこの伝説の魚を失うわけにはいかない。私はベテランなのだから、魚を釣り上げるための十分なスキルを持っているはずだ。私は自分にそう言い聞かせた。これまでの大物とのやり取りのシーンが脳裏をよぎる。このような勝負では、釣り人の頭の中で時が行ったり来たりしながら過去と現在を結びつける。過去が現在に取りついているのだ。

釣り鉤にかかった魚は全力で逃走を試みるため、時間をかけ過ぎてしまうとリリースしても死んでしまう場合がある。だから、かけた魚は極力速やかに手元に寄せて、手早くリリースするのが良きフライフィッシャーとしてのあるべき姿だ。それはわかっている。しかし、どうやってイルカを速やかに手元に寄せればいいというのだ。

ジェイは、ネットを持って川の中に入った。その魚は何度かの遁走《とんそう》を試みた後、さすがに疲れたのか、水面に浮き上がってきたが、ネットを見た途端に身をくねらせた。ジェイは強引にネットを差し入れて逃げる魚をすくおうとしたが、いかんせんその魚は大き過ぎた。ネットの枠に当たった魚は最後の力を振り絞って、枠に体をたたきつけるようにジャンプして水中に戻った。釣り鉤は口から外れていない。ジェイはもう一度ネットを差し入れたが、再び失敗した。良きフライフィッシャーであるはずの私は、友人に向かって怒鳴り始めた。何やってるんだ！　興奮した私は本能的に、そして若かった頃のように、力ずくで手に持ったフライラインを引っ張り始めていた。

＊訳注：原書では『A River Runs Through It』が多くの場合『A River』と記されており、こ

の本の愛称のニュアンスを残したいので、本書ではそのまま『ア・リバー』と訳した。また『A River Runs Through It』の原書のタイトルは正確には『A River Runs Through It and other stories』だが、度重なる重版の後、現在は「and other stories」が副題的に添えられている。ただしISBNの登録上はあくまでも『A River Runs Through It and other stories』である。なお、集英社から出ている日本語版の『マクリーンの川』では『A River Runs Through It』だけが翻訳されていて、原書に収録されている「other stories」の二篇「マクリーンの森（USFS1919: The Ranger, the Cock, and a Hole in the Sky)」と「ジムの物語（A Logging and Pimping and your Pal, Jim)」は、『マクリーンの森』というタイトルで別書籍として刊行されている。

第一章　二つの世界

天国と地獄の両方を見ることなく人生を過ごす幸運な人もいるのだろうが、私は父と釣りをすることで、早くからその両方の世界を知ることになった。地獄とは、私が父の目の前で大物を釣り逃したときの行き先だった。「何のためにオマエをここに連れてきたと思ってるんだ！　どうやったらあんなヘマをやらかせるんだ！」。地獄の底で燃えさかる永遠の炎に焼かれる私は、しかし逆に大物を釣り上げると、天上の楽園へと引き上げられるのだった。

幼かった私が連れていかれるのは、決まってスワン・リバーだった。スワン・リバーは規模の小さな川だが、ときに釣り人を驚かせる大物が釣れることがある。

ある日私は、スワン・リバーとしてはモンスターと言える一キログラム級のニジマスを釣り上げた。そのときの父は、私のビッグチャンスを台無しにしないようにと水の中に入って、魚の腹を支え持つようにして私の所まで運んできた。私が手元に寄せるまでに、魚が岩や石に触れて、釣り鉤が外れてしまうことを恐れたのだ。そのニジマスを岸際まで寄せたとき、父は歓喜の表情を浮かべて、ひざまずいてそのニジマスを抱き上げ、まるで神が天国に入る人にほほ笑むように優しげな表情を浮かべた。

そうやって父は私に釣りを愛することを教えてくれはしたが、一方で釣り方そのものを教えてくれたことはなかった。

あるとき、父の親しい友人でシカゴ大学の著名な文芸評論家、ウェイン・ブースが妻のフィリスと共にシーリー・レイクを訪れたとき、父は彼らを湖岸に連れていき、フライロッドでの釣り方を教えた。後に、ウェインは私にこう語った。

「腕を時計のどの位置で止めるべきか、フライラインをどう持つか、といったさまざまなアドバイスを受けながら、丸一日、肩が痛くなるまでロッドを振って、自分ではまあまあうまくいっていると思っていたのに、魚は一匹も釣れないんだ。それが不思議だった。長い一日が終わってキャビンに戻るとき、君のお父さんは、『今日はフライで釣るには日和が悪過ぎたんだよ』と言った。私はその言葉を理不尽だと感じて、『だったら、他の釣り方、たとえばミミズをエサにすれば良かったじゃないか』と言ったら、『そりゃあ、いくらでも釣れただろうよ。でも重要なのは、正しい魚を正しい方法で釣ることなんだ』って答えたんだ。私は、魚を釣りに湖に行ったつもりが、じつは教会に礼拝に行ってたんだってわかって、妻と顔を見合わせたよ」

ある日、私は父の古い友人であり、釣り仲間でもあったジョージ・クルーネンバーグスと一緒に、キャビン近くの谷を流れているモレル・クリークに釣りに出かけた。モレル・クリークはスワン山脈の南端にある険しい山が源頭で、いくつもの滝を流れ下った後、湖に入ってクリアウォーター・リバーに注ぎ、そのままブラックフット・リバーに合流する。透明度が高く、清冽《せいれつ》なその水はとても冷たく、私たちはアイスクリーム・クリークと呼んでいた。私たちはしばしば、このクリークから飲料水を汲《く》み上げていたが、釣りのためにモレル・クリークへ行くとなると、さらに上流を目指す必要があり、木材の切り出し作業で横たわっている倒木やら切り株を縫うように歩まなくてはならず、子供の脚には過酷過ぎた。釣り場に着いても、日差しを遮るように土手に立ち並んだトウヒや灌木が邪魔で、うまい具合に狙った所にフライをキャストするのは至難の業だった。クリークには流木が寄せ集まったカーブがそこかしこにあって、在来種であるウェストスロープ・カットスロートの隠れ場所となっていた。

ウェストスロープ・カットスロートは、柔らかな子鹿の毛のような金色の体色をしている。「カットスロート（切られたのど）」という恐ろしげな呼称は、下あごの下部についている真紅の筋に由来している。白い下腹部に赤みを残した個体も少なくない。オリーブグリーンの背中には黒い斑点があり、空からの恐ろしい捕食者である鳥、さらに恐ろしい殺し屋である釣り人の目から、巧妙にその身をカモフラージュしている。モレル・クリークのカットスロートは他の川の魚よりもカラフルで、一匹一匹が芸術品のようだった。

その釣行で、私は川岸の木に何度もフライを引っかけてしまい、釣りに来ているのか、フライを回収しにきているのかが、わからないような状態になってしまった。父と二人きりだったならば、まちがいなくその場は煉獄《れんごく》と化したはずだが、その日は身長百八十五センチを超えるジョージが、木々の高みに引っかけたフライを外すのを手伝ってくれて、私は難を逃れていた。しかしあるとき、性こりもなく何度も何度もフライを枝に引っかける私に苛立った父はきつい口調でこう言った。

「いいか、これから先はすべてジョージの言うとおりにするんだ。キャストもフライも、一切合切、ジョージの指示なしに自分勝手にやるな」

まさか父はこの一言が、私のヒーローであり、家庭教師であり、釣友であり、そしてもっとも古い友人となった男との生涯のつき合いの始まりとなるとは思ってもみなかったことだろう。

ジョージ・クルーネンバーグスは、三人の兄弟全員が身長百八十センチを超える巨人一家に生まれた。長男のアルは二メートルを超え、次男のボイドは百九十センチで、百八十五センチしかない末っ子のジョージはチビと言われていた。

ミズーラでは、クルーネンバーグス家がマクリーン家のとなりに住んでいた時期があり、親交が深まった頃に、シーリー・レイクにとなり合わせのキャビンを二棟建てた。ジョージは私の父の十三歳年下で、かなり年齢差があったために、彼の兄二人と父親たちが釣りに出かけるときには留守番役となった。

私の祖父であり、フライフィッシング狂だったマクリーン牧師は、留守番時のジョージの虚脱状態ぶりに危機感を抱き、あるとき彼をキャビンに呼んでフライの巻き方を教えた。二人はキャビンのポーチに出て、コーヒーテーブルに据えつけたタイイング・バイス（訳注：フライを巻くために使う専用のミニチュア万力）の前に座ってフライを巻きつづけた。風が強くなると室内に移動し、ジョージは兄たちと一緒に釣りに行ける日を夢見て、ひたすらフライを巻いた。

——それからは時間があれば牧師に会いにいくようになったんだが、マクリーン夫人に見つかると、牧師は昼寝中だからダメだとか、執務中だからまた今度、とか言われることも多かったな。

ジョージは当時のことを思い出して私にこう語ったことがあるが、マクリーン夫人は近所の子どもと一緒に遊びに夢中になっている牧師を心配していたと思われる。

マクリーン牧師とジョージは、毛糸の切れ端、綿、犬の毛、コルク栓など、部屋に散らばっているあらゆるものを使ってフライを巻いた。二人は材料を吟味し、巻き方を工夫することによって、しっかり遠くに飛ぶようなスタイルのフライや、水面下から見上げる魚に魅力的なシルエットのフライを考案した。

必然的にジョージのタイイングスキルは目覚ましい進歩を見せ、彼の兄や私の父はジョージのフライの出来に感心するようになり、やがてフライを無心するようになった。現実的には無心というよりは、はるかに略奪に近かったとしても。しかしジョージには自分が巻いたフライが兄たちに認められたことがうれしかった。

それからジョージは兄たちのために気前よくフライを作るようになり、ときに自分で作ったミニチュアの紙箱にフライを入れて友人にプレゼントしたりもした。（晩年になっても、このサービス精神はまったく変わることがなかった）。兄たちから置いてけぼりを食らわされたジョージは、マクリーン牧師に連れられてブラックフット・リバーに行きはしたが、安全上、彼が許されたのはクリール（魚籠）を首からぶら下げて、師の後ろ姿を眺めていることだけだった。

成長するにつれ、ジョージは釣り人として稀有《けう》な才能を発揮するようになった。やがて彼は、彼と同じく末弟であるポール叔父と親しくなった。ポールは茂みに隠れて、ジョージが釣りをしているポイントに石を投げ入れては、その水しぶきを魚のライズ（もじり）と勘ちがいさせるようないたずらが大好きだった。

私が釣りを始めた頃には、ジョージはすでにブラックフット・リバーの名人として知られていた。誰よりも遠くへフライをキャストすることができたし、誰よりもたくさん魚を釣り上げた。友人たちは何度魚に食いつかれても崩れない頑丈な彼のフライをほしがった。

ジョージはフライに使う鳥の羽を自分で染めた。ことにジョージのオリジナルであり、水生昆虫のさまざまな形態が凝縮された「イエロー・クイル」は人気のフライで、釣り場に着いた私が真っ先に手を伸ばすフライでもあった（イエロー・クイルは、後にモンタナだけでなく、アラスカやイーストコーストの川、そして海外でもきわめて有効であることが証明された）。私に釣りを指南するようになったジョージは、いつだったか他言無用という条件つきで私にこう語った（もう時効だろう）。

「大切な秘密を教えてやろう。フライフィッシャーは皆、本物の虫の色に似せたフライを使いたがるが、魚がどんな虫を食べているかを知るには、逆光で見ることが肝心なんだ。確かに色も重要だがね、じつは色よりも輝きが重要なんだ。水面上に浮いた虫が放つ光の反射具合こそが、釣果のちがいを生むんだよ」

ジョージは自分のフライをミズーラの酒場や釣具店に売り込み、いくつかの店が取り扱いを始めた。しかしながら、モンタナというフライフィッシングのメッカで、新参者が名を売ることは簡単なことではなかった。ある日、彼は一計を案じた。証拠を見せさえすれば、釣り人から信用されるはずだった。ブラックフット・リバーの秘密の区間で釣った魚を、氷でいっぱいにしたガラスケースに詰め込み、ボブ・ワードのスポーツ用品店の店先に置いたのだ。そこには、「ブラックフット・リバーのクリアウォーター橋で、クルーネンバーグス・ホッパー（訳注：バッタを模したフライ）を使って釣り上げた魚」というメモを置いた。もちろん、ジョージの秘密の場所は橋の近くではなかったが、その後何週間も、大きなコルク製のクルーネンバーグス・ホッパーは、店頭に並べばすぐに売り切れるという状態がつづいた。哀れな釣り人たちはクリアウォーター橋に集結し、いるはずのない魚を釣ろうと血眼《ちまなこ》になったのだった。

ジョージは規模の小さな川で私へのレッスンを始めた。フライフィッシングはフライとキャスティングがすべてではなく、何よりも魚のように考えることが重要なのだ、というのがジョージの口癖だった。たとえば、「規模の小さな川のポイントはどこだと思う？」という問いに、「ウーン、淵とかの深みかな」と答えると、優しく首を振って、「誰もがそう思い込んでいるんだが、じつはそうじゃないんだ。時間によって、場所がちがうんだよ。休んでいる魚は深くて暗い所に行くが、食事をするためには食べ物が豊富な場所に移動しなくてはならない。つまり、ポイントというのはいつも同じではなくて、魚の移動に合わせて狙い所を変える必要があるんだ」と語った。

釣り場でのジョージは落ち着くということがなかった。溺れかけたバッタが流れ下ると、そのバッタと同じ流れの筋を歩き下って流れの速さを確認してみたり、砂利や木片で巣を作るトビケラの幼虫を石の裏から採集したり、カゲロウの亜成虫が流れ下っているのを確認すると、その下流に立って、魚たちの反応を観察した。

やがて私が大きくなってフライフィッシャーの仲間入りをしたとき、私はジョージと父がまるっきり正反対のスタイルで釣りをしていることを知って驚いた。

父、ノーマン・マクリーンは慎重かつ忍耐強いフライフィッシャーだった。彼は一冊の本を読むように、水面を前にすると川に入らずに川岸からじっと川面を見つめて、まるで本の目次をチェックするように慎重に水に入っていった。たいがいはオーソドックスに下流側からゆっくりとポイントに近づいて、一キャストごとに目標との距離を縮めていった。たとえ完璧ではなかったとしても、父は常に計算をして釣っていた。計算がうまく機能せず、フラストレーションがたまっても、父はひたすら忍耐強く釣りつづけた。父のキャストは正確さが肝で、正確性が損なわれることになるロングキャストをすることはほとんどなかった。父が投げるフライラインが乱れるのは、強風が吹いたときだけだった。牧師の息子とは思えない汚い言葉を風に向かって浴びせかけ、フライをポイントに向かってキャストし直した。

父は釣りに囚《とら》われていた。あるいは父自身が『ア・リバー』のエンディングに書いたように、水に囚われていた、と詩的に表現すべきかもしれないが、はたから客観的に見れば、「フライフィッシングにハマってしまった男」だった。いかにも釣れそうなポイントで魚が水面に出てこないと肩を落として、打ちのめされたような表情を浮かべた。「こんなにいい流れだっていうのに、何で釣れないんだ」と言って。

私や仲間と同様に、父もまずはジョージのイエロー・クイルを釣り糸の先に結んで釣り始めることが多かったが、その後はダン（カゲロウの亜成虫）やスピナー（カゲロウの成虫）などを模したフライを中心に、フライボックスに詰め込んだあらゆる種類のフライを試した。父はコルクで作られたバニヤン・バグのような珍しいフライのコレクターでもあり、フライボックスには常に大小さまざま、色とりどりのフライがひしめき合っていた。フライを木の枝に引っかけてなくすこともあったが、一度も捨てたことはなかった。

じつは父は若い頃、一度だけフライロッドを裏切って、スピニングロッドに浮気をしたことがある。当時、モンタナではまだ見かけることのなかったダーデブル（訳注：歴史的定番ルアー）を買ってダートマスから戻り、爆釣したのだった。評判を聞いた釣り人たちがダーデブルを手に入れて釣り始めると、ようやく正気に戻ってフライフィッシングに回帰した。

私には父が魚をばらしてしまうシーンを見た記憶がない（訳注：いったん釣り鉤にかかった魚が、やり取りの最中に魚の口から外れてしまうことを、釣り人用語で「ばらす」と言う）。魚をかけたときに、父がもっとも警戒したのは浅瀬だった。父は良い型の魚をかけると決まって浅瀬を避け、水深のある所までウェーディングしていった。浅瀬には魚が鉤を外すために都合のいい障害物がたくさんあるからだ。やり取りしていた魚の頭が水面から出てくると父の緊張感は増し、大きな声で魚に向かって、「無駄な抵抗はやめろ！」と叫ぶのだった。

また父はギャラリーが多ければ多いほど発憤するタイプだった。現実の川辺で、たとえティーンエージャーの息子一人が見ているだけだったとしても、頭の中には常に別の一人を想定して釣っていた。その一人とは父の弟ポールだ。大きな魚が釣れると魚を抱えて土手に立ち、まるで勝利した戦いを語る部隊長のように誇らしげに成功談を語ったが、ほんとうに見せたい相手はポールだった。ポールは父に向かって、「兄さんほど確実に、かけた魚をものにする釣り人はいないよ」と認めつつも、一方で「石橋をたたいて渡るような釣りしかしないから、難しい流れに潜んでいる大物を釣り上げることができないんだ」と批判してもいたらしい。

ポールは私が生まれる前に殺されてしまったが、そんな悲劇的な死だったからこそ、川辺に立つ父の視界のどこかに弟の幻影が現れるのだろう。肩幅が広くステットソンハットをかぶった、いかにも男っぷりのいい釣聖ポールの姿が。

父とジョージ・クルーネンバーグスは連れ立って川や湖に行ったが、車を降りてからは決まって別行動で、それぞれが別々の場所で釣りをした。次のポイントへ移動するために待ち合わせた場所では、どのフライが効いたか、どんな虫を見たか、何匹釣れたかなどの情報を交換し合ったが、そんなときに最初に発せられるのが「デカいのは？」という一言だった。

そんな二人と釣りをするとき、私は必ずメモを取った。私にとっては、ブラックフット・リバーの巨大ニジマスを釣り上げることが、地域で知られた名門フライフィッシング・ファミリーの一員として認められる唯一の方法だったからだ。一日でも早く仲間入りを果たしたかった。若い頃は自分の野心が可能性の範囲内にあると思い込めるものだが、私の野心は仲間入りにとどまらず、恐ろしいことには会ったこともない叔父ポールを超えることだったのだ。

大物が潜んでいそうな場所に来ると、私の父はメジャーリーガーがウエイティングサークルで素振りをするように、手前の浅い水面にフライをキャストして様子を見た。一方でジョージは一切そういった準備めいたことはせずに、いきなり第一投を核心部にキャストするのが常だった。何よりも最初が肝心で、第一投にこそ最大のチャンスがあると固く信じていたのだ。

魚とやり取りをする間に逃げられてしまうことは、どんな名人にも起こり得ることだが、そんなときでもジョージは悔しがったり、嘆いたりせず、ひたすら淡々と次のポイントへ向かって歩を進めた。ブラックフット・リバーの重く速い流れを縦横無尽に動き回り、普通のフライフィッシャーのキャストでは届かないポイントにもフライを浮かべることができた。

私が同伴して一緒に釣りをするときには、ジョージは父と別れて行動せずに三人一緒に釣りをして、私に魚の居場所や釣り方のアドバイスをしてくれた。しかし太陽が傾き、夕暮れが近づくとジョージは私たちを置いて、岩の上を素早く移動して西日の中に消えていった。

日が暮れて父と私が川岸で車に戻る準備をしていると、最後の光に照らされた大きなシルエットが岩の向こうに現れるのだった。大きな影が岩から岩へと優雅に移動していき、やがて川の支配者のような自信たっぷりの顔が現れる。そんなとき、肩から提げた重そうなクリールからは、収まり切れない大きな尾びれが飛び出ているのが常だった。


私の両親はモンタナ州で生まれ育ち、成人後には中西部へと引っ越したが、夏になるとシーリー・レイク畔にあるキャビンで過ごすのが恒例だった。丸太作りのシンプルなキャビンは四十万ヘクタールを超えるボブ・マーシャルウィルダネス特別地区の端っこにある。祖父のマクリーン牧師がこの小屋を建てる許可を取得した1921年当時、森林局は国有林へのサマーハウスの建造を積極的に奨励していた。牧師が借地権を得たのは1921年の8月のことで、年間借地料はおよそ十三ドル、施設建造のために木々を伐採する場合は六ドルの追加料金が徴収されたが、景観上の理由から居住区周辺での伐採はすぐに禁止された。

その後の百年間に政府の土地利用政策は激変した。サマーハウス集落のすぐとなりには公営のシーリー・レイク・キャンプ場があり、週末になると必ず満員になるほどの人気があった。私たちのキャビンとキャンプ場の間には二棟の別のキャビンが建っていたが、森林局はキャンプ場と居住者の間のトラブルを避けるための空間が必要だと主張し、ほとんど一方的にその二棟の所有者に立ち退きを命じた。私たちのキャビンの撤去も時間の問題と思われたのだが、幸運なことにはその緩衝帯とでもいうべき空間がうまく機能したのだった。その結果、マクリーン家のキャビンは五世代にわたって存続し、現在に至っている。

祖父は小屋を建てる際、場所の選定には細心の注意を払った。湖にやって来る人々の目障りにならないように湖畔から十分距離をおきつつ、湖の背後にそびえるスワン山脈を一望できる場所を選んだ。森林局はシーリー・レイク畔に自生しているカラマツの原生林を必要以上に伐採しないように指導し、牧師はおおむねその指示に従ったが、キャビンの土台とするために樹齢千年と推定される巨大な一本のカラマツを切り倒した。(時が経つにつれ、風雨にさらされたカラマツの土台は腐り、後年、コンクリートに交換することになった)。

祖父の建築デザイン能力に関しては評価が分かれる。キャビンの中心には緩やかな勾配の三角屋根が乗ったメインルームが据えられ、左右に羽を広げるように東側にポーチ、西側にキッチンと寝室が配された。このデザインは、一般的な建築デザイナーが採用するシンプルなA字型のキャビンよりもはるかに内部空間を広く確保できる。しかしながら、シーリー・レイク渓谷の豪雪を知る友人たちは祖父のデザインを酷評した。自然環境よりも居住空間を優先した構造だったからだが、結果的に雨漏りはしたものの、倒壊することはなかった。

祖父は1821年にスコットランドからカナダのノバスコシアに移住した曽祖父から大工仕事

を教え込まれていた上に、十九世紀初頭に作られた、重くてシンプルで手になじむ、カンナ、ノコギリ、丸ノコギリ、ドリルなどの道具を引き継いでいた。大工道具は優美なデザインの大きな戸棚にしまわれていた。その美しい戸棚はモダンアートと見紛うほどだったが、残念なことには冬に空き巣に入られて盗まれてしまった。

小屋の完成には数年を要したらしい。父とポールは可能な限り祖父を手伝ったが、屋根を上げた年の夏は、二人の仕事が忙しかったために祖父と祖母だけですべてをおこなった。数十年後、私と小屋の丸太に油を塗っていた父がふいに屋根を眺めて、「そもそも二人だけで、どうやってこの屋根を乗せたんだろう？」とつぶやいたことがあった。私は、過ぎ去った時間の向こうで立ち働く夫婦の姿を想像したが、当時のワークウエアを着て黙々と動き回る二人の姿は見えても、この巨大な屋根を引き上げた方法をイメージすることはできなかった。キャビン本体が完成すると、祖父は車庫、地下貯蔵庫、製氷室などの設備を整えた。シーリー・レイク畔には便利屋と呼べるような業者がいて、冬になると馬ぞりでシーリー・レイクから氷のブロックを切り取ってキャビンまで運び、おがくずの氷室《ひむろ》に入れてくれた。

キャビンが完成すると、祖父は牧師としての活動を教会だけでなく、このキャビンにまで広げていき、結婚式、洗礼式などの行事が催行されるようになった。今もキャビンの壁に貼ってある色あせた写真には、ミズーラの名家であるツール家の洗礼式が写っていて、祖父と共にポーズを取っている若者ロス・ツールは、後年モンタナ大学で歴史学の教授として名を成し、彼が著した

『モンタナ』は、今でもモンタナ州の標準的な歴史書である。

全体のデザインから、壁の丸太を継ぎ合わせる際の切り欠きの形状まで、祖父の精神はキャビンの隅々にまで息づいている。丸太の先端は手ノコと手オノで丁寧に処理され、接合部はぴったりと合うようになっているが、それでもできてしまった小さな隙間はオークム（ジュートや麻の繊維をより合わせて、オイルやタールを染み込ませたもの）を使ってコーキングを施した。釣り師は一ミリのちがいが成否を分けることを熟知しているのだ。

私の人生における、家族、ブラックフット・リバー、モンタナという土地とのつながりは、記憶によって紡がれた長くて太い一本のロープのようなものだ。私は物心ついたときから、二つの生活を送っていた。一つは大きな空、青い山々、輝ける流れ、そこに息づく巨大ニジマスによって構成されるモンタナ生活、そしてもう一つはどこまでも真っ平らな中西部シカゴでの都市生活だった。この二つの生活は、長い夏休みをモンタナ、冬はシカゴで過ごすという季節的なリズムで繰り返されていた。この大きく異なる世界間の行き来は、まるでタイムマシンに乗っているようだった。

一般的にアメリカ国民が夏と呼び習わしている6月でさえ、モンタナは寒くて雨が多く、暗鬱《あんうつ》だった。次から次へとやって来るスコール、カナダから吹きつけてくる冷たい北風。太陽はときどき雲間から顔をのぞかせるが、なかなか長くはつづかない。モンタナの住民は、地元の気候を九カ月の冬と三カ月の特別ゲストと表現する。だから私たちは大学の学期が終了する6月になっても、西へ向けた旅をなるべく先延ばしにすることが多く、たいがいは6月下旬におこなっていた。

ある年、旅立ちの時期が近づいた頃、私は父と二人でミッドウェイ・パークにいた。ミッドウェイ・パークは、父が英文学教授だったシカゴ大学の南端にあって、長辺が一キロ半ほどの優雅な公園である。公園からは隣接したシカゴ大学のキャンパスが見渡せた。灰色にくすんだインディアナ石灰岩で造られた建物が延々と連なり、その光景はまるで中世の都市のようだった。父はそんな威厳のあるたたずまいを鼻で笑うように、「さっさとこんなくだらない所を抜け出して、キャビンに行こう」と言った。この中世都市に隣接する大学寮は、後年「マクリーン・ハウス」と名づけられることになるが、当時の父がそれを知っていたら、この権威主義的な建物群にも少しは愛着を感じたかもしれない。

そうは言っても、じつのところ父はアカデミックな生活と、森や川での生活のどちらの世界も必要としていた。もしモンタナに定住し、森林局で働いたり地元の高校で教鞭《きょうべん》を執《と》っていたら、深く愛したものから離れる苦しみを知らずに生きることになったかもしれない。しかしながら、この分断された二つの生活がなければ、父が『ア・リバー』を「家族愛の詩」と呼ぶこともなかったはずだし、あのような形で完成させることもなかっただろう。あの小説に強いインパクトを与えている悲劇的な弟ポールの殺人事件も、分断された二つの生活がなければ起こらなかったかもしれない。

父は父なりの気難しいやり方でシカゴ大学を愛していた。シカゴ大学が学生に厳しいアカデミック・コミュニティであることを理解し、好んでいた。細く険しい道のりをたどって狭い門をくぐらない限り、質の高い文学が生み出されないものだと固く信じていたのだ。学生たちの若さが父を若く保ったし、少数の優秀な学生たちが、毎年繰り返されるカリキュラムが、父の中でマンネリ化するのを防いでくれた。父が特にやりがいを感じたのは、卒業生が大学にやって来て父のおかげで人生が変わったと言うときだった。そんなとき、決まって父はもっとも印象に残っている授業内容を尋ねた。ワーズワースの「行動せよ！　生きている今こそ、行動せよ！」と答える生徒が多いことに父は安心し、満足した。

しかし、弛緩があっての緊張だった。父はほぼ毎年6月下旬になると、心身のバランスを取り戻すように私たちを車に乗せて西へ向かった。母、姉のジーン、そして私の四人は、ルイス＆クラークが太平洋へ向かったように、荷物を車に満載してモンタナを目指した。当時所有していた中古の黒いセダンはかなり地味で、「伝道師用の車みたいだ」と言うのが父の口癖だった。西に向かって出発するときには、私たちは決まって開拓者精神に満ちあふれたような新鮮な心持ちになった。シカゴの郊外を抜け出たイリノイ州北部の黒土の畑に、トウモロコシの新芽が伸びているのも毎年のことだった。7月4日の独立記念日までには膝の高さまで成長するらしかったが、7月に必ずモンタナにいた私はその光景を見たことはなかった。

この毎年恒例の西部行きの道程で、シカゴを脱出した私たちを最初に歓迎してくれるのがミシシッピ・リバーに架かる大きな橋だった。毎年、必ず激しく揺れて、旅の興奮を抑え切れないジーンと私は、絶対に来年までには崩れ落ちていると言って笑い合った。毎年通る道なので、いくつかの印象的なランドマークは記憶していた。父は、「同じルートを毎年通っているから、ハンドルから手を放しても、車が勝手に運転してくれる」と毎度おなじみの冗談を言った。

私たちにとってほんとうの西部は、サウスダコタ州シャンバーレンのミズーリ・リバーをまたぐ地点から始まった。丘陵地帯を下って川に差しかかると、周囲には中西部特有の青々とした農地が広がっていて、川の向こうには地平線まで広がるなだらかな茶色の丘が見える。二百三十キロほど先には荒涼としたバッドランズ国立公園があり、もう一つのランドマークであるウォール・ドラッグは、高さ三十メートルのブロントサウルスの模型で有名だ。この乾燥した風景はかつては熱帯で、恐竜が生息していたのだ。そのウォール・ドラッグからそう遠くない所にブラック・ヒルズがある。平原から近づくと、何百キロもつづく平坦な乾燥地帯の地平線の彼方に、忽然《こつぜん》と屹立《きつりつ》した高い塔が見えてきて、スー族やその他の部族がなぜブラック・ヒルズを神聖視するのかがよくわかる。

１９５０年6月26日、ラジオを聞きながらジレットとシェリダン間の百五十キロを気持ち良く走り抜けている最中に、私たちは朝鮮戦争が始まったことを知った。そのラジオのアナウンスはまったく場ちがいに聞こえた。「ほんとうかしら、いつもとちっとも変わらないわ」。母は熱波で揺らめくかげろうを見つめながらそう言った。

私たちは毎年決まって、モンタナとワイオミングの州境で車を止めて、「ようこそモンタナへ」と書かれた看板の前で写真を撮った。ジーンが得意の側転を披露している写真もある。のんびりと走っていると横断に丸二日かかるほど広大なモンタナ州に入ると、私たちは毎年寄り道をして母の実家のあるウルフ・クリークに一週間ほど滞在した。母の弟妹のうち、弟のケン・バーンズだけが妻のドッティと共にウルフ・クリークに残ってニワトリの牧場を経営していた。「牛ではなくて、ニワトリの牧場って何だ？」と思うかもしれないが、モンタナでは家畜を飼育する場所はすべて牧場と呼ばれているのである。

すでにして長々しい旅となったキャビンに至る道程の、最後の山場は北米大陸分水嶺だ。ここより西に源を発する流れはすべて太平洋へ注ぐ、そう想像するだけで胸が高鳴った。分水嶺を越えてシーリー・レイクに向かう道は、伐採トラックが頻繁に行き交う曲がりくねった未舗装路だった。ブラックフット・リバーの源流であるロジャース峠を越え、ハイウェイ200号線に沿ってブラックフット渓谷を通り、1806年7月にメリウェザー・ルイスがルイス&クラーク探検隊の帰路に通った道をたどるルートだ。リンカーンの町を通り過ぎると、ブラックフット渓谷に入り、そしてついにブラックフット・リバーの勇壮な流れを目にすることになる。

クリアウォーター・リバーとブラックフット・リバーの合流点に近い、クリアウォーター・ジャンクションから先が長旅のラストスパートだ。クリアウォーター・リバーは、最後の氷河期に氷河で埋め尽くされた細長い谷間を流れていて、シーリー・レイクなどの湖がビーズのように連なっている。

クリアウォーター・ジャンクションのすぐ南にそびえているガーネット山脈が氷河の浸食を抑え、およそ一万五千年前に氷河が溶け始めた際に形成されたのが、ブラックフット・リバーだ。ブラックフット・リバーはガーネット山脈のふもとを流れ、クリアウォーター・ジャンクション付近で川幅を広げる。山々が障壁となっているため、川の大部分は何千年もの間、姿を変えずに残っている。釣り人の言葉で言えば、大物ポイントが何世代もそのまま残っているということだ。

クリアウォーター・リバーの流域を北上しながら、私たちは次第に濃度を増してくる松林の匂いでゴールが近いことを知る。馬が納屋の匂いをかぐときのように。シーリー・レイクの小さな木材置き場を過ぎ、町のはずれにある製材所の辺りでハイウェイ83号線から、湖の北端につながっている林道に入る。やがて見えてくる、私たちの家が。近づいてくる、私たちの家が。キャビンの前に車を止めて、父がエンジンを切ると、完全な静寂がやって来る。背筋を伸ばしたようなカラマツの巨木に住んでいる妖精たちが、私たちを見下ろして「おかえり！　おかえり！」と精いっぱいの大声でささやく。木立の隙間には湖面の輝きが見えている。キャビンの姿に変わりはない。一人孤独に、しかし頑健に冬を越したのだ。鍵を開けてキャビンの扉を開けると、丸太を磨くために使う亜麻仁油とテレピン油の香りが漂ってくる。我が家に着いたのだ。

素晴らしく晴れわたったある朝、私は父に連れられて釣りに出かけた。私は七歳だった。シーリー・レイクはいつになく穏やかで、空気は静まり返り、湖面がガラスのようだったことを記憶している。行き先はキャビンからそう離れていない所を流れる小さなクリークだった。ランチタイムまでに戻ってくることのできる距離ではあったが、母はランチボックスを準備してくれた。釣り人は川で弁当を食べるものだ。それが父のルールだった。母はキッチン前の階段に置かれた釣り道具と着替えのとなりにランチバッグを置いた。釣り人はロッド、リール、フライなどの釣り道具に責任を持たなくてはならず、必需品を一つでも忘れた者は釣りをする資格はない。父はいつもそう言っていた。生涯初の一匹釣り上げることが、その日七歳の男の子に与えられた課題だった。母は笑顔で私たちを見送ってくれたが、その目には心配の色が浮かんでいたような気がする。

父はクリークに架かる橋まで車を走らせて、橋のたもとに車を止めた。土手に生い茂ったヤナギが私たちの行く手を遮り、幼い私にとってはジャングルに迷い込んだような気がした。しかしながらそんな自然の障壁に守られているからこそ、川は健全さを保っていられる。ヤナギの葉むらは水面に日陰を作り、秋になって枯れ落ちる葉がプランクトンを成長させ、プランクトンを食べる川虫をトラウトが食べる。そのクリークは、シーリー・レイクのトラウトが秋になって遡上《そじょう》して産卵する種沢の一つだった。ニジマスとカットスロートの産卵は春で、私たちが来る時期に川に居残っている個体は少なく、大半の大型トラウトは湖に戻ってしまっている。夏に釣れるのは、体長十五センチほどの小さなトラウトだけだ。

ヤナギのジャングルの先にクリークの速い流れが見えた。岸辺に立って見回すと、川はほぼまっすぐに浅瀬を下っていた。私たちは川の中を下流に向かって進んだ。ヤナギがクリークの上に覆いかぶさって薄暗いトンネルを作っていた。水はまるで氷河そのものが流れてきたような冷たさだった。釣り用の古ズボンを通して、私の脚は凍りついていたが、水底をのぞき込むと、そこには太陽の光を反射して宝石のように光り輝く石があった。滑りやすい所では、父は私の手を握ってくれた。

数百メートル進んだ所に、木々が覆いかぶさっている淵があった。風が吹いていた、さっきまで晴れていたのに、なぜか空には黒雲があった。父はやや思案してから、「よし、ここだ。フライを瀬の流れ出しにキャストして、そのまま淵に流し込むんだ」と私に言った。

私はロッドリールから十分なラインを引き出してからフライをキャストした。大ぶりのウェットフライだったように記憶している。フライを流すと水底に転がっていた細長い石が、唐突にトラウトに姿を変えた。二十センチくらいのマスがフライをくわえて、水の中を泳ぎ下ったとき、体側にレッドバンドが浮かび上がった。「ニジマスだ！」と父が叫んだ。父は身を乗り出して、喜びに顔を輝かせ、フライをくわえた魚に目を凝らしながら、私の一挙手一投足をアドバイスした。父はどうしても私に、その魚を釣らせたかったのだ。そして、その父の願いは現実となった。私が釣り上げた最初のトラウトは、私の憧れだったニジマスだった。

それからまもなく黒雲が雨を落とし始め、同時に暴風が吹き荒れた。やがて私は頭蓋に異変を感じた。雨が痛いのだ。石をぶつけられたような衝撃に身をすくめていると、私の周囲に氷の塊が落ち始め、父は私にそれが「雹《ひょう》」という霰《あられ》の親戚であることを教えてくれた。

私たちにできることは撤退だけだった。急いで岸辺へ走った私はヤナギの繁茂する土手を上ろうとしたが、クモの巣のように張り巡らされた根や枝に足を取られて前に進むことができなかった。私がジタバタともがき苦しんでいる間にも、雹は頭や顔に当たりつづける。父は自分の帽子を脱いで私の頭にかぶせ、私を肩に担ぐと、学生時代のハーフバック（訳注：アメリカンフットボールで俊足が要求されるオフェンスのポジション）に戻って土手の茂みを駆け上がった。父の大きな帽子が私の目を塞ぐと、暗がりの中に油と汗の匂いが漂った。私は振り落とされないように父の黒い髪を力いっぱい引っ張った。父は何事かを叫びつつ、私をおぶったままヤナギの木立を突き抜けて、土手の開けた場所に出た。父の肩から降りた私は、つまずきながら全力で林道を走って車に戻った。父がドアを開けて、私たちは車の中に勢いよく飛び込んだ。

氷の玉がバラバラと落下して、車の屋根やボンネットの上で弾け飛んだ。そんな不思議な光景を見ているうちに、私は、そして父もなぜか笑い始めて、どうにも止められなくなった。フロントガラスに積もった雹をワイパーで吹き飛ばす父を見て、友人のいたずらを見ているような気がした。

やがて嵐は去っていった。太陽が顔を出すと、雹はあっけなく溶けていった。

長い一日のように思えたが、まだ朝だった。お腹は空いていなかったが、私たちは車の中でサンドイッチ、リンゴ、クッキーを食べた。それは食事というよりは、むしろ儀式だった。

朝と呼べる時間帯の内にキャビンに戻った私たちを見て母は驚き、「釣りはしなかったの？」と聞いた。まさか私たちがこんなに早く帰ってくるとは思わなかったのだ。私たちが釣果を報告すると、母はこれ以上ないほど喜んだ。母が言うには、キャビンの周辺は快晴だったそうで、その日はその後、空には一片の雲が湧くこともないまま太陽が輝きつづけた。

第二章　フライフィッシング・ファミリー

祖父は、マクリーン一族で最初にフライフィッシャーになった人物である。父によれば祖父は、スコットランドとカナダにルーツを持っているのだから、故郷の習慣を取り入れることが自分の義務だと言っていたらしい。ミズーラの教会で説教壇に立つときには、明瞭でリズミカルに話す必要があったため、スコティッシュなまりを消すように努力していた。

祖父は土曜日に翌日曜日の説話の練習をしたが、しばしば聴衆役として父とポールが招集された。祖父は礼拝に集まった会衆にイエス・キリストの教えを説くだけにとどまらず、小石を口に入れて息が切れるまで詩の朗読を繰り返したというギリシャの弁論家デモステネスの真似をすることもあった。そんな説話の前には、じっさいに小石を口に入れてシーリー・レイクの湖畔に立ち、湖水に向かって語りかける祖父の姿があったという。自分でその姿を見たように語る父の話が、ほんとうだったかどうかはわからない。あるいは父の代表作である『ア・リバー』のように、ほんとうらしく書かれたフィクションであったのかもしれないが、いずれにしても我々マクリーン一族が、大衆に向かって自分の話を語ることが好きだという事実を裏づける逸話である。

祖父はカナダからの移住者だが、ミズーラに落ち着くまでにはアメリカ中西部と西部の各地を転々としながら説教壇に立った。父と弟ポールはモンタナではなく、アイオワ州クラリンダで生まれた。ちなみに父の誕生日は１９０２年12月23日である。クリスマスをターゲットに、祖父と祖母が共同作業をおこなったのではないかと父は疑っていた。第一長老教会が祖父にミズーラへの赴任を命じたのは１９０９年のことで、以降教会の上級管理職に昇進してモンタナの州都ヘレナへ異動するまでの十六年間をミズーラで過ごし、引退するとミズーラに戻って祖母のクララと共に同地で生涯を終えた。

フライフィッシャーとしての祖父はスタイリッシュなキャスターで、練習のときでも両手にグローブを着け、手首をしなやかに動かして、二拍のバックキャストと二拍のフォワードキャストによる、四拍子のリズムで正確にロッドを前後させた。祖母がピアノの練習に使っていたメトロノームをこっそり持ち出して、キャスト練習に利用していたのも四拍子のリズムが重要だと固く信じていたからだ。

またリズムの重要性と共に説かれたのが手首の使い方だった。フライをふわりと水面に乗せるための秘訣は手首の使い方にあると言っていたらしい。手首を積極的に使う方法は今日では時代遅れのまちがったキャストと見なされているが、当時はそれが一般的だったわけで、同じ血を受け継いでいる私としては、まちがっていたのではなく由緒正しい古典的スタイルなのだと弁護したい。

いずれにしても、現代のフライフィッシングはキャスティングに限らず、こういった厳格なルールとは無縁だ。現代は方法や様式を問われない時代なのだ。私の祖父の時代には新世界においてもビクトリア朝の保守性が幅を利かせていた。

祖父はクルーネンバーグス同様、身の回りのあらゆる素材を使ってフライを自作した。祖父は当時、史上最高と言われたH・L・レナードというメーカーのフライロッドを購入した。H・L・レナードの創業者であるハイラム・ルイス・レナードはアメリカン・バンブー・フライロッドの父と呼ばれている。この通称「レナード」は、シーリー・レイクのキャビンに保管されていた他の「キャビン・ロッド」と共に、祖父よりもはるかに長生きをした。バンブーロッドには茶色っぽいものが多いが、祖父のレナードは微妙に黄色味がかっていた。私は父から、このレナードの所有者は祖父ではなく父でもなく家族の誰でもなく、キャビンの一部なのだと教えられてきた。

後年、バンブーロッドに詳しい知人に鑑定してもらったが、三本継ぎのティップ以外の二つのセクションは正真正銘のレナードだと保証してくれた（先端部分であるティップ・セクションが折れるのはバンブーロッドでは日常的なことで、かつてスポーツ用品店ではビール樽に交換用のティップを無造作に入れて一本一ドルで売っていた）。フライロッドは父がモンタナからシカゴへ戻るときにも、必ずキャビンに置いていかれた。フライロッドは、マクリーン家を故郷のモンタナに呼び戻すための重要な磁石だったのだ。

私の父がモンタナを出てシカゴ大学で勤め始めたのは、大恐慌前夜という最悪のタイミングだった。父が教壇に立ち始めたときには、同大学のロックフェラー・チャペルに豪華な鐘が据えつけられる手はずが整っていた。ところが、鐘が吊り下げられる寸前に大恐慌が世界を襲った。ジョン・D・ロックフェラー（訳注：バプテスト派信者でシカゴ大学の創設者であり銀行家）の名を冠した教会に吊り下げられるはずだった巨大な鐘は、チャペル塔の脇に鎮座したまま愚かな贅沢品の象徴として、怒りと絶望のどん底にあった人々から糾弾された。

しかし、大学には良心があった。財政危機によるレイオフもやむなしという状況で、教授陣は自らの給与カットを大学に提案し、教職を失った者はいなかった。父を追ってシカゴに向かった母ジェシーも同大学内に職を見つけ、１９３１年9月24日に二人は結婚した。

大恐慌を乗り越えた二人がほっとしたのもつかの間で、ある日ラジオは第二次世界大戦へのアメリカの参戦を告げたのだった。私の姉のジェニーが生まれたのはこの激動のさなかの１９４２年。その翌年に生まれたのが私だ。

当時のシカゴ大学はマンハッタン計画に加担して原子爆弾を開発するような、時代の最先端を行く学究機関だった。そんな都会のアカデミック・コミュニティに西部開拓時代を引きずったモンタナからやって来た父が溶け込めたのは、天性の明るさで人を魅了する能力に恵まれていた母の力が大きかったらしい。

シカゴという大都会に暮らすようになった二人だったが、モンタナがその存在を失うことはなかった。当時のモンタナ州は神話の王国のようなオーラを放っていた。アメリカ中のどこよりも広い空が、夏になると宇宙まで見えるように青く輝き、冬になれば二度と春がやって来ないと思わせる雪が延々と降りつづいた。

ルイス&クラークの探検と前後して、毛皮商人とマウンテンマン（訳注：主に山中で毛皮商人のガイドをして生計を立てていた人々）が一時的に増えたことはあっても、多くのフロンティアはより暮らしやすい太平洋側を目指して去っていった。その後、徐々に定住者、鉱山労働者、伐採業者、カウボーイたちが増えていったが、モンタナ州の人口は長い間、グリズリーベアとネイティブ・アメリカンの数をかろうじて上回る程度だったという。

父とポールはモンタナの西部的な荒っぽい環境にうまくなじんでいたが、伝道師の子供として地元の少年たちとはやや毛色が異なった育ち方をした。詩を書き、本を読み、集まった会衆を魅了する父親を目の当たりにしていた二人は、文学や宗教といったアカデミックな方面を敬遠することがなかった。しかし西部の少年らしく、同時にスポーツにも夢中になった。夏にシーリー・レイクに家族が集うとしばしば昔話に花が咲いたが、若き日の父が友人たちにシェークスピアを語って聞かせたという話は定番だった。友人の家に行って本を読み聞かせたわけではない。ミズーラの中心部には銀行があって、入り口の階段には厳かな二本の大理石の柱が立っていた。父はそこを演説台に見立てて、土曜日の夜に待ち合わせた友人に向かって、『真夏の夜の夢』や『マクベス』を語り聞かせたのだ。

一方でスポーツに関した逸話も少なくない。ミズーラ・カウンティ高校でハーフバックとして

プレーして、宿敵のビュート・ハイスクールとの一戦で勝利点を挙げてヒーローとなったことも
しばしば語られた昔話だ。父はその年の卒業年鑑に、ヒーローに関する詩を添えた。

彼らは、彼の話し方を笑った
彼は黙ったままだった
たった一つの能力で
事を成し遂げることはできない
彼はそれを知っていたから

父は中肉中背だったが、モンタナ標準からするとやや低い方だった。背が高く、痩せ型で赤毛のスコットランド人の祖父よりも、黒髪のイングランド人の母の血をより濃く引き継いでいた。成人する頃になると鼻筋の通った彫りの深い顔立ちになり、黒髪を真ん中で分けていた。筋肉質の体型を維持するためのエクササイズを欠かさず、顔には不敵な笑みを浮かべて、厳しい目つきを緩めることはまれだった。死ぬまで自分の中にあるインテリ臭を消して、モンタナのタフガイを演じようとしていた。それが父のスタイルだったのだと思う。

父は十五歳の夏から、森林局のクルーとして働き始めた。第一次世界大戦に出兵した若者たちの補充要員が必要だったために、学生アルバイトが許可されたのだ。山で得たアルバイト代をダー

トマス大学（訳注：ニューハンプシャー州にあるアイビーリーグの名門校）で学ぶための資金にした。夏が終わると十キログラムほど痩せて、髪をボサボサにして家に帰ってきたという。ダートマス大学では当時流行していた映画にちなんで、父には「ブル・モンタナ」というニックネームがつけられた。現代アメリカを代表する詩人ロバート・フロストのライティング・ゼミに参加していた父は、後年当時の様子をこう描写した。

――フロストは学生に偉ぶった態度を見せることはなかったし、誰彼なくストレートに対話するようなタイプだった。話す言葉や内容そのものも詩的だった。ただ、学生の意見や感想には一切興味を持っていなかった。授業開始のチャイムと同時に教室に入ってきて、すぐに自分の作品について話し始めた。話をする間中、大きな暖炉の周りをぐるぐると歩き、授業の終わりが近づくと教室の出口に近づいて、最後の一言でドアを閉めた。ゼミに参加していた1922年に書かれた、フロストの著名な詩の一つである『雪の夜、森に誘われて（Stopping by Woods on a Snowy evening）』を彼は、「ほんの数分で書いた」とメディアに語っていたが、クラスで学生たちに語った事実は異なっていた。じつはフロストはこの詩の結びの一行で苦労していたのだ。その定型詩の詩節は、それぞれＡＡＢＡという四行の韻律を踏んでいたが、最終の詩節だけがＡＡＡという韻律で四行目がなかった。思案に暮れたフロストは、未完成の詩節の三行目<and miles to go before I sleep>を繰り返してつぶやきながら、自宅の書斎から庭に出たり入ったりして最後の一行を探していたのだ。結果的に採用したのが、一節を単純に繰り返すという手法だったが、見事に決まって、今も詩を愛する人々を魅了しつづけている。

ダートマス大を卒業した父は大学からその才能を買われ、大学に残って二年間教鞭を執った。しかしモンタナに里帰りしたあるとき、祖父に「教師の仕事がマンネリ化していて、成長が止まっているように見える」と意見され、思い当たるところがあったのだろう、ダートマス大学に辞表を提出し、モンタナ州の高校教師の職に応募した。ところが、アイビーリーグの名門大での教職経験があるにもかかわらず、モンタナでの教育単位が足りないという理由で州の教育当局に断られた。憤慨のあまり、父はモンタナを離れる決意をしたのだ。

私の母ジェシー・バーンズは前述のとおり、州都ヘレナから北に向かった渓谷にあるちっぽけな町ウルフ・クリークの出身である。

当時ウルフ・クリークにあったのは、二本の通り、一本の線路、そして一本のクリークくらいのものだったが、じつはそのクリーク（リトルプリックリーペア・クリーク）は、それがあれば他に何もいらないというほどの素晴らしいトラウトストリームだった。母は背が高く、ほっそりとしていて、顔には愛らしいそばかすがあった。若い頃はおてんば娘として知られていたそうで、「ジェイク」や「ジェイキー」といったボーイッシュなニックネームが与えられ、ヘアスタイルはボブだった。やがて女の子から女性になる頃、母はニックネームを返上し、本来のジェシーに名を戻し、豊かな赤褐色の髪を腰近くまで伸ばした。父はいつも母への手紙を「素敵なジェシー」で始めて、「素敵なジェシーへ」で締めくくった。

父と母を結びつけたのは、ある年の12月に開かれたヘレナ渓谷でのパーティーの帰路に偶然起きた事件がきっかけだった。友人のカップルと共にジェシーの車で帰宅しようとしたところが、途中で吹雪に見舞われて車のラジエーターが凍りついてしまったのだ。父はラジエーターに水をかけて氷を溶かそうとしたが、それが逆効果で、さらに大量の氷がラジエーターに張りついた。自力脱出を諦めた父は助けを呼びに吹雪の中を一人町へ向かったが、その途中どうしたわけか立ち往生していたはずのジェシーの車が彼に追いついた。ラジエーターは凍っていたが、寒過ぎてエンジンがオーバーヒートすることがなかったのだ。父は自分の早とちりを恥じたが、母は父を吹雪の中のヒーローとして記憶したのだった。

ウルフ・クリークに学校は存在していた。中学二年生までしか通えない、一部屋だけの、春の洪水でしばしば流されてしまう校舎を学校と呼ぶとしたら、である。

母がもっと広いキャンパス生活に憧れたのは当然のことだったろう。町で雑貨店を営んでいた父親のジョン・ヘンリー・バーンズは教育を重んじる人物で、七人の子供たちが州都ヘレナでまともな教育が受けられるようにと、ビクトリア様式の立派な家を購入し、妻フローレンスと子供たちは1930年にヘレナに引っ越した。ジョンはウルフ・クリークに残って店番をしていたが、妻と離れて暮らすことを嫌ったため、結果的にフローレンスは頻繁に店に舞い戻っては夫と一緒の時間を過ごした。必然的に長女のジェシーがヘレナに残った六人の兄弟たちの面倒を見ることになったが、それは両親が彼女の特性であるところの愛情深さと、傑出したマネジメント能力を知り抜いていたからである。彼女には多くの責任を背負っている自覚があり、温厚でありながらも、決してお人好しではなかった。高校の卒業アルバムには、こう書いた。

——騒ぎを起こすのは、それが楽しいから。

母独特のスマートな問題解決方法を、私の父はなぜか「スイッシュ（swish）」と呼んでいた。穏やかでありながらも決然とした、他人には決して真似のできない二律背反的なスタイルだった。彼女はシカゴ大学で三十年以上働き、そのうちの十七年間は医学生物学校友会の事務局長を務めた。同窓会報を発行し、年に一度の同窓会ディナーを企画し、全米の校友会員のための社交活動や資金調達活動を手配し、ときに新しい組織を作り上げもした。医学生のためのラウンジとロッカールームのとなりにあった小さなオフィスは十人ほどの研修医のたまり場で、彼らは当直時にはソファで寝泊まりしていた。母はドアを開け放ち、片時もタバコを手離すことなく、煙をくゆらせながら学生や教職員の相談に乗っていた。

——ジェシーは、一種の寮母だった。言わなくてはならないことを包み隠さず相手に伝えたのは、相手を思う気持ちがあってこそだった。彼女にはほぼ百パーセント、誰にでも共感できるという特殊能力があった。相談にやって来る者たちは自分が一人ぼっちじゃないと、心の底から信じることができたんだ。ユーモア、文学的な引用、誰もが思い当たる経験などを、魔法の薬のように調合して処方していた。自分が崇高なことをしているというような、自己満足的な意識はまるでなかったはずだ。芝居をしていたわけでもなく、今思い出しても、ジェシーはほとんど部屋の一部だったような気がする。

親友で著名な神経科医でもあるシドニー・シュルマン博士が、私にそう語ってくれたことがあった。

母は高卒だ。学歴を重んじる名門校で学歴のない母が活躍していた事実は面白い。そんな母を頼ってやって来るのが、人一倍優秀だけれども男女差別（当時はそれが当たり前だった）によって適切なポジションが与えられていない女性たちだったのである。

退職後、母は校友会から功労賞としてゴールド・キー賞を授与されたが、この賞が医師でも生物学者でも同校の卒業生でもない人物に贈られたのは、シカゴ大学の長い歴史の中でも初めてのことだった。生物医学分野に対して、側面から多大な貢献をしたそんな母だったが、自分の体に対してはまるで無防備だった。

母はタバコに負けた。その死はあまりに早過ぎた。今、母は少女だった頃マウント・ジェシーと呼ばれていた小高い丘から、私たちを見守ってくれている（訳注：ノーマン・マクリーンの妻ジェシー・マクリーンは、肺気腫がきっかけで１９６８年12月に死亡している）。

私たちのフィッシング・シーズンは毎年ウルフ・クリークから始まった。母の弟ケンと妻のドッティは新しい家を建てたが、古い実家はすぐとなりにあって、少し色あせてはいたが短い滞在に不便はなかった。彼らの父親であるジョン・バーンズはぜいたくな調度品を好んでいて、その一つがヘレナから運んできた湯沸かし器つきの長大なバスタブで、私たち子供はその中で泳ぐことさえできた。

リトルプリックリーペア・クリークは、町を流れる区間でも釣りが楽しめた。町外れの狭い渓では、並び立つヤナギとワタの木が濃密な香りを放っていた。春になると大きなニジマスが産卵のためにミズーリ・リバーから遡上し、6月の早い時期に到着すれば、遡上した大きなニジマスが消耗した体力を回復させるためにクリークに居残っていた。

本格的な夏になって、大きな魚がミズーリ・リバーに戻っていった後でも、このクリークには居つきのマスが生息していた。父が釣りに行って、日が暮れてクリールいっぱいの魚を持って戻ってくると、盛大な拍手で迎えられた。

成長した私は自分で釣りができるようになると、家のすぐ近くを流れるクリークで釣りをしたが、ほぼ確実に遊漁規則で決められた制限いっぱいの数を釣り上げることができた。父、叔父、いとこの男衆で繰り出せば、町からほんの少ししか離れていない場所でも、二、三時間釣れば、家族分には多過ぎるほどの魚が釣れて、いつだってタンパク質の補充は家で待つ女性陣から歓迎された。

ある夏、私たちはディアボーン・リバー流域まで足を延ばした。結果的に、それは中西部だけでなく、遠くカリフォルニアからも親戚が集まる、ちょっとした大家族イベントになった。私たちはケン叔父の頑丈な黒いピックアップ、オールド・フェイスフルに荷物を積み込んだ。車の運転席には革のパドルがついた小さな扇風機が取りつけられ、マットレスが敷かれたトラックの荷台には、キャンプ道具と氷と瓶ビールが詰め込まれた金属製の大きな桶が乗っていた。道と平行して流れるディアボーン・リバーを何度も徒渉しなければならなかったが、男たちは川を渡るたびに荷台から飛び降り、川の石を動かし、オールド・フェイスフルを押して、何とか反対岸へと渡った。男たちは全員、川を渡る前も渡っている間も、渡った後もビールを飲みつづけた。誰かの手元のビールが空くと、バケツリレーのようにビールが手から手へと素早く器用に回されて、そのたびに男たちは笑い転げた。

私たちは前もって指定されていた場所に到着して、テントを張った。男たちは釣りに出かけたが、夕方には寒冷前線がやって来て雪がちらついた。大型テントの中にはマットレスが並べて敷かれ、私たち子供は暖かい毛布にくるまって、ぐっすりと眠りこけていた。大混乱が始まったのはそんな頃合いだ。一瞬にして私たちは目を覚まし、恐怖におびえた。テントの外では、ゴロゴロという音、鼻を鳴らす音、土に何かが落下する音が聞こえた。外に出ていた母と叔母たちがテントに飛び込んできて、誰だったか記憶にないが、そのうちの一人が私にこう言った。

「外に出なさい！」

テントから飛び出した私たちの目に飛び込んできたのは狂気のカオスだった。牛が寒空に水蒸気を吐き出しながら、テントの脇を駆け抜けていった。一瞬のことだったが、大きくとがった頭、恐怖に満ち満ちた大きな目をぎらつかせた一頭の牛が、鍋やフライパンを蹴散らして、椅子やテーブルを倒していった。

牛は一頭ではなく、森の方に大きな群れが見えたが、そのすぐ後方から馬に拍車をかけた強面《こわもて》のカウボーイたちが現れた。カウボーイのリーダーは、チャーリー・ラッセルの絵から飛び出してきたような大男だった。革のチャップス（訳注：カウボーイが身につける革製のズボンカバー）を履き、手袋とカフスをはめ、幅の広いウェスタンハットをかぶり、緋色《ひいろ》のバンダナを巻いていて、これ以上カウボーイらしくすることができないほどのカウボーイだった。私の目にもっとも印象的だったのは、革の鞘《さや》が取りつけられた鞍《くら》からライフルが突き出ていたことだった。カウボーイは激怒していた。

「いったいここで、何をしているんだ！」

彼は馬の上から、大声でそう叫んだ。

父は静かに、しっかりと彼の前に立っていた。馬上の人間は地上の人間よりも有利な体勢にある。しかしそんな不利な場面でも、一切動揺しない不動の安定感は父に備わった特別な強みだった。父は帽子もかぶらず、武器も持たず、夏っぽい薄手の服装をしていた。父は馬に乗った男に向かって声を張り上げ、自分たちは牧場のオーナーに許可を得ているのだと堂々と宣言した。ウルフ・クリークの住人で、不法侵入者でも密猟者でもないと。父の後ろに整列した男たちは、まるで合唱するように「バーンズ、俺たちはバーンズ一家だ！」と繰り返し、許可を与えてくれた牧場主の名前を呼んだ。馬に乗ったその男は、牧場主の兄弟だった。

「ふざけんなよ、そんな話聞いてねーって」

カウボーイはそう叫んだ。すでに荒れ狂う牛の群れと仲間は暗がりの向こうに去っていた。カウボーイは一人になり、自分が優位な立場を失ったことを悟った。

「牛が行っちまったじゃねえか！」

彼はそう叫ぶなり、馬に拍車をかけ、森の中へと駆け出した。

そんなこともあって、ディアボーン・リバーでのバックカントリー・キャンピングはいつもワイルドで、どこかしらワクワクするイベントとなった。私たちは叔父のオールド・フェイスフルで何度もキャンプやピクニックや釣りに出かけた。ディアボーンへの道はロッキー山脈のふもとに沿って走っていて、かつてネイティブ・アメリカンたちがバッファロー狩りをしていた土地である。

細い一本道からは、北に向かって雄大に流れるミズーリ・リバーと、車窓の直下に見えている浸食された断崖を見下ろすことになり、他の車と擦れちがうのは、肝試し的なイベントとなった。ディアボーンへの旅から夜遅くに帰ってくると、私たちはすぐには家の中に入らず、ピックアップの荷台に敷かれたマットレスに横になって星を数え、眠くなるまで「Home on the Range」や「Bury Me Not on the Lone Prairie」といった古い歌を歌った。後にこの道はハイウェイ287号線に指定されて舗装されはしたが、水路の近くに牧場の建物があったり、放牧された牛がいたり、鍵のかかっていない一部屋だけのコミュニティ教会や隣接する墓地があったりと、二十一世紀の今でも裏さびれた風情を残す、なかなかのドライブコースだ。

第三章　ノーマンとポール

ウルフ・クリークでの母の里帰りを終えてシーリー・レイクのキャビンに到着したとき、私はいつも少しドキドキしながら家の中へ急いだ。前年に戸棚やサイドボードにしまっておいた本、釣り道具、おもちゃなどとの再会が楽しみだったのだ。ある年にタンスの引き出しを探っていたとき、片隅に押しやられていた赤と黒のチェックのシャツを見つけた。シャツは色あせてはいたがとても素敵だったので、試しにそれを着てみた。肩幅が大き過ぎたが、裾をジーンズの中に入れてしまえば何とか様になった。

「それはポールのシャツだ。弟はとても肩幅が広くてね」

父はそう言って、私に向かってうなずいた。私はそれを許可の合図であると受け取り、その日以来、そのシャツは私のモンタナユニフォームとなった。一族における伝説的な釣り人として知られる叔父のシャツを着るだけで、とても誇らしい気分になった。ポールが早世した事情が私や姉に対して語られたことはなかった。父は、「ポールは殺されたんだよ」と言う事実は語ったが、その先の説明はなかった。そんな父の不完全な説明が幼い私を戸惑わせた。ポールが殺された事情をはっきりと理解したときには、私はすでに少年と呼ぶには遅過ぎる年齢になっていた。父と母、そして祖父と祖母は彼らなりのやり方で、時代に乗り遅れないように努力はしていたものの、ことポールに関してだけは完全に過去に置き去りにされていた。一切、オープンに語られたことはなかった。私がポールの赤と黒のチェックのシャツを愛用していることを父は喜んだ。しかし、あまりに愛用し過ぎたためにシャツは傷み、数年後には生地が透けて見えるほどになってしまった。母がシャツを捨てたとき、父は怒った。怒りが収まると、見ていられないほど落ち込んだ。私にはそんな父の反応がまったく理解できなかった。じっさいのところ、理解できたのは父の著作を読んでからだと思う。

ポールがいつどこで生まれて、どんな育ち方をしたのか、といった基本的なことでさえも謎に包まれていた。父には出生証明書や洗礼の記録があったが、なぜかポールに関しては、そういった記録が一切残されていなかったのだ。牧師の子に生まれて、そんなことがあり得るだろうか？生まれた日どころか生まれた年さえも長い間疑問視されていた。誰も知らないポールの生年月日が判明したのは、『ア・リバー』を読んだファンの忍耐強い調査のおかげだ。一世紀近く前にアイオワで発行された新聞から、ポールの誕生日が１９０５年11月４日であることを突き止めたのだった。

ポールがモンタナ大学、そして父の後を引き継ぐようにダートマス大学を卒業したことも家族の間で語られることはなかった。じつは私でさえ、『ア・リバー』以前は知らなかったのだ。この事実も多くのファンの熱心な調査によって突き止められたものだったのだ。逆に言えば、生年月日はともかくとして、ポールの少年時代以降のすべてを知っているはずの父が、このことについて一切口を開かなかったということなのだ。『ア・リバー』で描かれたイメージを含めて、ポールを神秘のベールに包んだ責任は父にあると言っていい。

しかしながら、そんな父にもはっきりした答えが得られない大きな謎があった。それはポールが死んだ場所と理由だ。ポールが殺されたのは、『ア・リバー』に書かれたロロ・ホット・スプリングスでも、ロバート・レッドフォードが映画化した際のモンタナの他の場所でもない。殺された理由にしても、ギャンブル場でのトラブルが原因だったわけではない（とされている）。シカゴ大学で働き始めた父と合流するようにシカゴの新聞社で働き始めたポールは、ある日曜日の夜、ガールフレンドとのデートの後でシカゴの裏町を歩いているところを、突然、意味も理由もなく、通り魔的に殺されたのだ（とされている）。

私は赤と黒のチェックのシャツを通してポールと結びついたが、その後、私の人生がフライフィッシャーとして、ジャーナリストとして、ポールと同じ道をたどるようになるにつれて、彼の存在が大きくなっていった。若い頃、無難に味つけされたファミリー・ストーリーとして聞いたポールの話を、もっと真実に近い形で知りたいと思った私は、親戚や知人から可能な限りの情報を集めた。幸いなことに、シカゴの新聞記者としてファイルや報告書にアクセスすることができたし、閲覧が限定された資料に関しても、特別なアクセス権を持っていた。現在、ポールの遺品はほとんど残されていない。残っているのはポールが使ったと思われる保存状態の良いバンブーロッドとPaul Maclean 1928とプリントされているダートマス大学のビアジョッキだけだ。

手元に集まった情報から浮かび上がってくるのは、かつてブラッド・ピットが演じた映画版ポールが、それほど的外れではなかったと思えるような実像だった。人間的な魅力と異性にアピールするルックスを持ちながら、同時にポールは汚れた英雄でもあった。人生における彼の転落は、選択からというよりも、『ハムレット』で言うところの「生まれつきのあざは本人の罪ではない」というような、ポールの性格に起因するある種の必然だったのだろう。事実は曲げられない。この後につづく私の記述は、何十年にもわたる家族間の会話、そして一世紀以上前に遡《さかのぼ》る記録やその他の文書に基づいている。新しい話もあれば、古めかしいのに妙に生々しい話もあり、ほほ笑ましい話もあれば、ダークな話もある。その方向性がてんでんバラバラのようにも思えるが、しかしこれらの逸話はすべて同じ方向へ、そして最終的には同じ結末へとつながっているのだ。

三歳ちがいの兄弟である父とポールはとても仲が良かった。二人ともスポーツが得意だったが、とりわけ釣りが得意だった。文学に惹《ひ》かれたところも似ている。私の手元には、一家がミズーラに引っ越してきた直後に撮られた写真が残されていて、そこにはセンチネル山を背景にして町中のぬかるんだ通りに立っている二人の少年が写っている。手を握り合い、大人や社会どころか、宇宙にでも反抗するような挑戦的な表情をしてカメラを直視している（ちなみに二人の後ろに写っている交差点には凝った装飾が施されたモンタナビルが立っていて、頭上には路面電車用のケーブルが張り巡らされ、通りには自動車が数台行き交っている。この写真は古き良きモンタナを象徴していて、同じ構図が今でも絵はがきに採用されている。自動車のスタイルが現代的に、信号機が路面電車の電線に取って代わり、モンタナビルから装飾的なコーニスが取り払われていることを除けば、この光景は現在もほとんど変わっていない)。ポールは父より身長がほんの少しだけ低く、体重が重かった。父は生涯、心の中で常に弟の手を握りつづけ、兄として弟を守っていた。そして弟の死後に、生涯の宿題ともいえる弟の物語『ア・リバー』を書いて、ポールをよみがえらせたのだった。

父の口癖に、モンタナという大自然の真っただ中で暮らしていくためには、覚えておくべき重要事項は三つあり、それはフライフィッシング、林業、そして山火事だ、というのがある。マクリーン一家がミズーラに到着した翌年の１９１０年、アメリカにおける二十世紀最大の山火事「ビッグバーン」が発生した。モンタナでは山火事の発生は夏の恒例行事のようなもので、その年もいくつかの山火事の消火活動を経て、８月下旬に山火事のシーズンが終了したかに思われた。ところが季節外れの太平洋からの激しい暴風がアメリカ北西部に吹き荒れた際に、消えかけていた小さな山火事が州をまたぐ猛火へと発展してしまったのだ。煤煙が巻き上げる巨大な雲は、モンタナ州北西部からアイダホ州の北部全体を覆い、煙は東はニューイングランド、さらには大西洋を半周してグリーンランドにまで広がったと記録されている。ビッグバーンでは八十人以上の消防士が命を落としたが、身元が確認できたのは二十九体だけで、死亡者の正確な数は不明なままだった。身元のわからない多くの遺体は、アイダホ州セントマリーズにある墓地の、「身元不明」と書かれた墓石の下で眠っている。ビッグバーンは2018年にカリフォルニア州北部で起きた山火事が八十五名の犠牲者（さらに一名が行方不明）を記録するまで、百年以上にわたって最大の犠牲者を出した山火事だった。

　ビッグバーンのときに、ミズーラの町は昼間でも街灯を点灯しなければならないほどの濃い煙に覆われ、ミズーラ駅に停車したノーザンウェスト鉄道の車両からは、募集に応じてやって来た消火隊員が次々と降りてきた。消火隊員と言っても、その多くは各地の酒場で消火隊員の募集を聞きつけた、職を持たない若者だった。酒場で情報を聞いてやって来た者が多かっただけに飲んだくれが多く、監督官のエラース・コッホが、現場で作業を始めるまでに隊員たちの酔いがさめていれば幸運だと嘆いたほどだったという。

　当時のミズーラの森林局監督官で消火隊のリーダーだったコッホは、この火災を「山が咆《ほ》えたとき」と表現した。ビッグバーンに先立つことわずか五年前に組織されたばかりの森林局は、大自然に圧倒されて終始劣勢だった。脳の中にも森が広がっているのではないかと言われた生粋の森林局員コッホは、この戦いを振り返って「山火事相手に、我々森林局は完膚なきまでにたたきのめされた」と語った。この失敗から多くを学んだコッホは、その後森林局を高性能な消火マシーンに育て上げるためにあらゆる努力をしたが、同時に彼は、「山火事は山に任せておけ」という、自然災害における人為的介入の忌避を主張していた。現在アメリカでは、市民生活が脅かされない限り、山火事は消さずに静観するというコッホ流の対応が主流となっているが、当時の風潮としては、自然は共存するものではなく制圧するものという認識が主流であったために、コッホのやり方は批判を浴びた。そんなビッグバーンで混乱をきわめていたミズーラで、新任牧師として着任したばかりのマクリーン一家が行方不明となったことがあった。教会のメンバーで編成された捜索隊が発見したのはビタールート・リバーとブラックフット・リバーが合流する地点にある中洲でキャンプしている一家だった。釣りにやって来たところが、増水した川の中洲に取り残されてしまい、やむを得ずテントを張ってキャンプをしていたというのだ。

宗教とフライフィッシングの間に明確な一線はないとしても、牧師としての役割に忠実だった祖父は、燃えさかる炎と漆黒の空におびえて教会に集まってきた信徒たちに、これは聖書に書かれた世界の終わりではない。だから安心して家に戻って、平常心で暮らすようにと説いたというが、じっさいそれほど山火事の状況は終末的な様相を呈していたのだろう。

ビッグバーンの試練をくぐり抜けたミズーラで、マクリーン家はようやく落ち着いた暮らしを始めた。父とポールは家庭の方針で学校には行かず、両親の下でホームスクーリングを受けた。教師出身のクララが全科目を網羅的に教えることができたのだ。マクリーン牧師の役割はクララが与えた宿題のチェックで時間的には短かったが、宿題をサボることなどできない厳しいもので、十五分間が永遠につづくと思われるほどだった（『ア・リバー』の中にもそんな記述がある）。牧師は少年たちにさまざまな教訓をたたき込んだが、なかでも「何か素晴らしいことをしなさい！」

という言葉は、耳にたこができるほど何度も繰り返された。その「何か」が具体的に語られることはなく、それを見つけることが二人にとって永遠の宿題だった。マクリーン牧師は教区民にも同じように立ち上がり、何か偉大なことを成し遂げることが、神と自分自身に対する義務であると説いていた。

父がティーンエージャーになった頃、牧師夫妻は不登校担当官の説得を受け入れて、父とポールを公立学校へ通わせるようになった。ミズーラ・カウンティ高校では、二人ともフットボール・チームに所属し、兄弟共にオフェンスで英雄的な活躍をして、クラスメートのみならず地元のファンを喜ばせたが、なかでもモンタナ西部地区優勝を決めた対ビュート戦の第四クォーターで父が決めた、両チーム通じて唯一のタッチダウンは、長い間伝説として語り継がれるほどのものだった（訳注：地元高校の活躍で町全体が盛り上がるのは、日本の高校野球と同じだ）。ポールはフットボールにとどまらず、バスケットボールでも能力を発揮して、代表選手として対外試合に出場した。ポールの活動はスポーツだけでなく、演劇、生徒会副会長、学校新聞の編集員、弁論大会優勝、ラテン・クラブ副会長など、広範にわたっている。

フットボールで英雄になったことで父とポールは地元で一躍有名になったが、二人は自分の将来がスポーツではなく、学業によって決まることをしっかりと認識していた。

ことに父においては、ミズーラ・カウンティ高校の英語科責任者でモンタナ教育界の重鎮だったメイベル・アイリーン・リッチに出会ったことが、彼の将来に大きな影響を与えた。彼女の著書『文学における形態の研究（A Study of the Types of Literature）』は、何十年もの間、全米の高校で標準テキストとして使われていた。リッチはその著書で、「もっと完璧な（more perfect）』という表現は語法として誤っている。なぜなら『完璧』という言葉はそれだけで最上級を指し示しているからである」と記したが、どうにも納得できなかった父は、彼女の英語クラスで定期的に何度もその点に対する議論を吹っかけては、クラスを盛り上げていた。

リッチの授業が父を文学世界に引き込んだことは明らかだ。彼女のテキストには、抒情詩に関する次のような説明がある。「抒情詩とは、詩的な形式を借りた作者の心の発露である」。百四ページの『ア・リバー』は一般的には小説というジャンルに属している文学形式ではあるが、リッチが抒情詩と定義するところの「誠実で、自然発生的で、感情を豊かに表現する、短い文学形式」でもある。父のお気に入りはシェークスピアで、特に悲劇を好んだ。リッチは悲劇を、「物語の核心部となる事件もしくは厄災が、過失であろうがなかろうが、その償いとして主人公が死ぬ運命にある劇形式である」と規定していた。その構造からいって、『ア・リバー』でポールに与えられた役割がそうだが、あの物語の主人公はポールではなく語り手の兄である。リッチが言うところの、死ななくてはならない主人公の身代わりとして、弟を殺しているその構造に悲劇的な抒情が生まれているのだ。

リッチが父に与えた影響は計り知れない。１９３５年６月、ミズーリ新聞に掲載されたリッチの引退記念行事についての記事は、彼女の「全国的な名声」に言及し、ある教え子に関する印象的な逸話を紹介している。リッチが教えた生徒で、後に「東側の大きな大学」に進学した一人が、友人たちとシェークスピアの『マクベス』の公演に行き、帰り道で劇の内容について熱心に語ったとき、友人の一人が「そんな深い意味があるなんて、わかるわけないよ」と言ったところ、その教え子は間髪を入れずに「そりゃあ、リッチ先生から習わなかったからだよ」と返したという。「東側の大きな大学」に進学した教え子で、こんな言い方をする人物に心当たりがあると言ったら、私は笑われるだろうか。

キャンプ、釣り、学業、食事の際の祈りが、十代前半の男の子のおおよその日常だった。二人は喧嘩《けんか》もしたが、止めに入った母親の顔にポールの拳が命中した日以降、二人は少なくとも殴り合うことはしなくなった。鉄道員と木こりとカウボーイだらけの西部の町では、町中の喧嘩は一種のフィールドスポーツであり、騒々しい土曜の夜の締めくくりにふさわしいものとされていた。大人びた父は早くにストリートファイトをやめたが、ポールは大人になってもストリートファイトをやめず、しばしば相手を挑発していた。

大学進学に際して、父はハーバード大やピッツバーグ近郊のワシントン&ジェファーソン大なども検討したが、結果的に1920年にニューハンプシャー州ハノーバーのダートマス大に入学した。その理由について父は、「インディアンの学校の方が気楽だと思ったからだ」と語ったが、その発言の背景には当時のダートマス大が、「Vox Clamantis in Deserto（荒野の叫び声）」というイザヤ書四十章第三節にある言葉をモットーとしていて、具体的に言うと、ネイティブ・アメリカンに対しての伝道と教育を使命に掲げていたからだ。モンタナの森の奥から都会へと一歩を踏み出そうとしていた父は、自分をネイティブ・アメリカンに見立て、そんな土臭い者を進んで受け入れようとしている教育機関に安心感を覚えたのだろう。とはいうものの、現実がどうだったかと言えば、1769年の創立以降の二百年間で同校を卒業したネイティブ・アメリカンはわずか十九人に過ぎなかった。大学側が自ら掲げたモットーに対して真摯《しんし》に取り組み、多くのネイティブ・アメリカンが在籍するようになったのは、1970年に実施された勧誘プログラム以降のことだ。今日、ダートマス大のネイティブ・アメリカン・プログラムは、モンタナ州やその他の地域部族から有望な学生が集まる道標となっている。

大学での父は勉学にいそしみつつ、ニューイングランド発祥のハンドボールに夢中になり、同時に大学が組織する社会友愛会としては最古参のベータ友愛会でも積極的に活動した。彼はまた、ダートマス大の秘密主義で排他的なシニア・ソサエティーとして知られるスフィンクスのメンバーでもあった。

ダートマス大ではユーモア雑誌『ジャック・オ・ランタン（Jack-O-Lantern）』の編集長に選ばれ、三年生と四年生の時には年間一千六百ドルを売り上げた。ダートマス大の年間授業料が二百五十ドルだった時代にである。父の大学生時代における最大のエポックを挙げるなら、『ジャック・オ・ランタン』の編集者時代に知り合ったテオドール・ガイゼルとの親交だろう。ガイゼルは、後に絶大な人気を誇る児童文学『ドクター・スース』を創作することになる人物だ。ガイゼルに関する伝記を著した作家のジュディス＆ニール・モーガンは、教会での礼拝中にとなりのガイゼルが賛美歌集にスケッチを描き、その素晴らしさを父が大きな声で褒めたという、牧師を父に持つ息子らしからぬ逸話を紹介している。モーガン夫妻は、ガイゼルと父が『ジャック・オ・ランタン』の記事を制作する様子を二人芝居のように描いている。父がタイプライターの前に座って一、二行を書き出すと、その先をガイゼルがつづけ、また父に戻すといった具合の共同作業だったらしいが、しばしば父はガイゼルにタイプライターで打った内容を教えないまま、つづきを促すこともあったという。後にガイゼルは「かなり乱暴なやり方だったことは確かだが、言わばスポーツライティングとでも呼ぶべきこの方法が、お互いのライティング能力を高めたことは確かだ」と語っている。ガイゼルは1924年5月に卒業した父の後任として、『ジャック・オ・ランタン』の編集長に選ばれた。「マック（ノーマン・マクリーン）が私を後任に選んでくれなかったら、私の大学生活はつまらないものになっていただろうね」と語り、一方で父はガイゼルのことを、「私が知り合った中で、もっとも面白い人物」と評している。

大学内での数々の成功や学外での活躍にもかかわらず、父は常にアウトサイダーとして扱われた。それは多分に同大学のニューイングランド風の古めかしい保守性によるものだったが、父はそれが気に入らなかった。よほど腹立たしかったのだろう、そんな排他的な学風に関して父が生涯語りつづけたおかしな復讐譚《ふくしゅうたん》がある。ダートマス大にやって来た、まさにその日の夜、うすら寒く慣れない寮の部屋に落ち着かない気持ちでたたずんでいると上級生たちがやって来て、スチーム暖房機一台につき一ドル、他の調度品についても一ドルといった具合に金額を告げて、父からなけなしの金を回収していった。地方から出てきた世間知らずの牧師の息子のポケットには、数ドルの生活費しかなかったが、それが義務ならやむを得ないと諦めて支払いを済ませた。やがて自分がだまされたことを知り、仕返しをする方法を思案した。計画を実行したのは翌年の入学シーズンで、父ともう一人の友人は用務員に扮して、新入生寮に入っていった。父の計画は単純だが効果的だった。スパナを持って無遠慮に部屋に入り、床にかがみ込んで暖房機を取り外す準備をしただけだ。本物の用務員だってそうはできないような自然な態度で。不思議そうに「何をしているんですか?」と尋ねる新入生に無言の圧力をかけた後、「四ドルの暖房機代を払ってないだろう」と言った。こうして父は前年にだまし取られた四ドルを回収したが、東部出身者かどうかを確認せずに、しかも同じことを隣室から隣室へと繰り返したのは、良く言えば若気の至り、悪く言うと連続詐欺と言う他にない。

ポールは1923年にモンタナ大学で大学生活を始めた。マクリーン夫妻には二人の息子をダートマス大学で寄宿生活させるだけの資金がなかったのだ。父が卒業し、ダートマス大に教職を得て自活するようになって、ポールの念願だったダートマス大への転籍が実現した。とはいっても、経済的な余裕がない状況は変わらず、兄弟は週末にキャンパスにガールフレンドを連れてくる金持ちの学生たちをうらやましがった。金持ち息子たちに一矢報いたいと考えた二人は、自分たちが飼い慣らしていた猫を利用した。その猫はジン好きで、飲むと人間のように酔っ払う不思議な習性をしていた。二人は猫をほろ酔いにさせると外に出て、男子学生と待ち合わせている女子に気づかれないように接近して猫を放した。多くの女子が猫の愛らしくも不思議な挙動に夢中になり、そこに二人が、「なんだー、ここにいたのかあー」と言って、やにわに登場するのである。この手法は数回ではあったが見事に成功し、彼らが望んでいた結果をもたらした。また、二人は東部からニュース性の高い記事を家に送り、そんな情報がしばしば地元紙の『ミズーリアン』に掲載された。1925年2月、彼らの寮から火が出て全焼した際には、父は当時書いていた原稿を含めて、私物のすべてを失った。

ポールは兄同様ダートマス大で『ジャック・オ・ランタン』の編集部員として活躍したが、彼のキャリアは父ほど平坦なものではなかった。ポールは、友人のウイリアム・ハントと共に学内誌『タワー』の編集もしていたが、あるとき掲載予定だった記事がニューハンプシャー州の道徳基準を満たしていないことを理由に、印刷会社から印刷不可の通告があった。その理不尽さに対して二人はダートマス大の広報誌に「ユーモアを装って卑猥《ひわい》な内容を容認する一方で、文学的な内容の掲載を差別的に排除しようとするこの州の法制度に反対する」と宣言し、しばらく後に彼とハントは編集部を去った。

1928年の学期末、ポールは卒業にあたって、ダートマス大の学位修了のために必要だった代数学の単位を未修のまま残してしまったが、その不足分をモンタナ大学での夏期補講で補うことで学校当局と合意した。古巣のモンタナ大学で、苦手科目である代数学を学ばなければならなくなったポールは先行きを悲観した。というのも、担当教授のネルス・ヨハン・レネスは国際的に有名な数学者で、学生の評価に厳しいことで知られていたのだ。しかしながら、このとき運命はポールに味方した。レネスは政治的には反保守系の急進派であり、ポール同様、州の政治と経済を支配していたアナコンダ銅鉱業社を忌み嫌っていたのだ。その夏、ポールは代数の勉強をそっちのけにして、レネスとアナコンダに対する対抗措置を話し合った。その結果、ポールはしっかりとBの成績で単位を取得し、無事に1928年度のダートマス大学士号を授与された。

ポールは卒業後、すぐに州都ヘレナの新聞社（Helena Independent Record）に採用されて、同地とグレートフォールズでの十年にわたる地方ジャーナリズムのキャリアをスタートさせた。特筆すべきは、1933年からの四年間、州議会を取材した際に発揮した、一般市民に寄り添った内容と、そのわかりやすい記事だろう。税法、狩猟、漁業ライセンスの価格、ギャンブルの合法化に関する投票など、常に市民の方を向いているジャーナリズムが人気を呼んだ。当時のモンタナの政治は地元経済の発展という名目の下におこなわれている利権ゲームという色彩を帯びていた。ポールはそんな政治を批判して、1935年2月26日号に「その夜、下院は法案を誰も手が届かない頭上の棚に上げた。その結果足止めを食らった三十八の法案の会期内の成立が見送られ、そのまま廃案となってモンタナの土中に埋められた。つまり議会は立法を殺すために開催されているのだ」という記事を載せた。

あるゴシップ・コラムニストは、ポールをヘレナでもっとも魅力的な独身男性と呼び、その「内気で愛情深い」性格を称賛したことがあった。父も弟の優しい面を語ることが多かったが、ポールは散弾銃で鳥は撃ったが、ライフルで鹿を撃つことを嫌った。タフでありながら、優しいことがほんとうの男であると、マクリーン家の少年たちは教えられて育ったのだ。

ポールが買ったばかりの新車を大破させてしまったのもこの頃だ。仕事帰りに、ヘレナ近くのリトルブラックフット・リバーで釣りをしたポールは、帰路のダートロードで一匹のウサギを見つけた。暗がりを照らすヘッドライトを頼りに、逃げ回るウサギと追いかけっこをした結果、急カーブで勝敗が決したのだった。数日後にポールと会ったノーマンが、どうして新車を壊してしまったのかと聞くと、ポールは「ウサギの方がコーナリングがうまかったんだ」となぜかうれしそうに答えたという。

その頃、すでにポールは釣り師として、ミズーラでは知られた存在だった。なかでもシャドーキャストと呼ばれるテクニックは、他の釣り人には到底真似のできない神業レベルだと言われた。シャドーキャストとはフライを水面に着水させずに、水面をかすめるギリギリの高さで往復させるアクロバティックなキャストテクニックだ。フライフィッシングは、主にカゲロウやトビケラなどの水生昆虫、バッタやアリなどの陸生昆虫を模した毛鉤（フライ）を水面に浮かべたり、水中に沈めて本物と思わせて魚を釣り上げる釣法である。いくつかの例外はありながらも似せるのは虫の外見だけというのが通例で、飛んでいる虫の形態そのものを真似ようとしたところにこのキャストの独創性がある。シャドーキャストでポールが重視したのは、往復させるフライが水面に落とす影だった。川に生息している大半のマスは常に水面を気にしている。水面は水中で生きる彼らの生活圏の境界であり、その向こうには大気に覆われた異界が広がっているが、しばしば食料はその異界から飛び込んでくる。魚たちはよだれを垂らしながら、他の仲間に獲物を取られないように水面を見上げているのだ。そんな中で水面に虫らしき影が現れては消えていくとどうなるか。ポールには魚がつばを飲み込む音さえ聞こえていたかもしれない。魚はフライが水面に落下するや、迷わずダッシュして食らいつくのだった。

映画『リバー・ランズ・スルー・イット』で、新人ブラッド・ピットが演じたポールのフィッシングシーンのスタントマンとして、シャドーキャストをおこなったのはジェイソン・ボーガーだ。ボーガーはフライフィッシングのエキスパートだが、シャドーキャストをしたことはなかった。スタントとして演じるというのは、つまりシャドーキャストを実演するということである。シャドーキャストはいわば、釣り人、フライロッド、ラインを使った創作ダンスであり、見ている分には美しいかもしれないが技術的には複雑で、かつ現代では使われることのないキャストであるためにマニュアルも存在しない。ボーガーは少年時代に『ア・リバー』を読んでいてシャドーキャストの存在は知っていたが、仮に実現可能であってもフライの影の効果よりも、往復させるラインの影が与えるネガティブな影響の方がはるかに大きいという否定的な見解を持っていた。しかしこの映画のフライフィッシングに関するコーディネーターだったジョン・ディエッチは、現実的な効果にはまったく興味はなく、何としてでもシャドーキャストをマスターするようボーガーに要求した。というのも、ディエッチはボーガーが経験豊富なフライフィッシャーであることを見込んでスタントを依頼したのだ。何しろ監督のロバート・レッドフォードが生粋のフライフィッシャーだけに、一切のごまかしが利かない。何としてでもポールが使ったテクニックを再現する他に方法がなかった。

結果的にボーガーとディエッチは協力し合って、いわゆるガルウェイキャストを応用することでこの問題を解決した。一般的なフライキャストではキャスト中に腕を反転させることはないが、このガルウェイキャストに限ってはバックキャストの終わりにひじを上げて手首を百八十度ひねり、通常は水面側を向いているリールを空側に向ける。バックキャストをフォワードキャストの要領でおこなうために、結果的にはオフショルダーのフォワードキャストと通常のフォワードキャストを連続しておこなっているような動作となる。

当時を振り返ったボーガーは、「ガルウェイキャストそのものでは水面ギリギリにフライを飛ばすことはできなかった。だから失速したラインがロッドティップの下を通過するトリックキャストの要素を加えたんだ。それだけでもかなりのハードワークだったんだけど、スタントだとわからないようにブラッド・ピット並みにぜい肉をそぎ落とすためのワークアウトもきつかったな」と語った。当時の話を聞くために連絡を取ると、ボーガーは日本の短歌のようなメッセージを送って返してくれた。

大空に
リズムを刻む
シャドーキャスト
遠い思い出
美しい記憶

父はポールの技術を手放しで賞賛したが、シャドーキャスティングに関しては、あのキャストで魚を釣り上げたシーンを目撃したことはなかったと語っている。現実的に効果があった技法だったかどうかはわからないが、この技法は、親友だったジョージ・クルーネンバーグスによって効果的な方法へと洗練されていった。クルーネンバーグスは、後にトビケラが産卵時に水面をたたくようなキャスティングを開発したのだ。

ポールが釣り名人だったことは確かだが、シャドーキャストはポールのオリジナルではなかったし、彼が独創性に富んだ釣り人だったかどうかはわからない。釣り師としての彼の名声を支えていたのは、おそらくは人一倍強い負けん気と貪欲な釣欲だ。一緒に釣っている仲間が釣れ過ぎると、川に石を投げ入れるような幼稚さすらあった。ポールはいつでも、誰よりも早くから釣りを始めて、誰よりも遅い時間まで釣りをした。その誰よりも長い時間帯の中で、よりハードに、より集中して、より想像力豊かに釣りをしたのだ。ロッドとリール、クルーネンバーグスのウェットフライを刺したハットバンド、籐で編まれたクリール、そしてシャツのポケットにラッキーストライクを入れただけの身軽なスタイルで深い淵を、速い瀬を渡り、川に流されれば笑いながら泳ぎ、誰も釣ることのできない遠くのポイントを狙った。ブラックフット・リバーが釣れなくなると、彼は緩やかに蛇行する支流のコットンウッド・クリークに行き、胸までウェーディングして泥底に立ち込んだ。夕食用の魚を持ち帰って来るのはありがたかったが、ズボンにこびりついた泥の悪臭には家族の誰もが閉口していた。

そしてもう一つ、さらに困ったことがあった。それは釣りでは他人に負けることのないポールが、ポーカーではそうではなかったという事実だった。

第四章　昔は魚が多かった

一世紀前のブラックフット・リバーの様子は、1928年8月12日の『ミズーリ』紙のスポーツ欄の見出し、「ブラックフット・リバーの百万匹のマス」がじっさいのところだったのだろう。魚は多く、釣り人は少なかったのだ。東海岸から大勢の釣り人がモンタナ目指してやって来るまでには、もう半世紀ほど時間の猶予があった。

当時、ミズーラでもっとも釣りがうまいと言われていたのは、ポールはポールでもポール・バニヤンという、多彩な才能を持つエキセントリックな男だった。シンガーであり、ダンサーであり、フライロッド・メーカーであり、プロタイヤー（訳注：ビジネスとしてフライを巻いている人物）であり、フィッシングタックル・メーカーの経営者でもあったバニヤンは、ときにポゴスティック（訳注：バネでホッピングする仕掛けの遊具）でミズーラの町を跳びはねる変わった男としても知られていた。バニヤンという名は民話に出てくるヒロイックな木こりにちなんで本人が命名したもので、本名はノーマン・エドワード・リー・ミーンズというウェストバージニア出身の男だ。バニヤンは1921年に、モンタナ大学で自然科学を学ぶためにミズーラにやって来た。彼が在学中に研究したのは主にモンタナ西部に生息する水生昆虫や陸生昆虫の生態だったが、その研究成果として学術論文を著すことはなく、代わりに後世に名を残すことになるコルク製のバニヤン・バグというドライフライを開発した。バニヤン・バグは最初はバス・フライとして作られたものだったが、バニヤンはそれが大型のトラウトにも効果があることを発見してフライをスリム化し、さまざまな昆虫にマッチするフライパターンを開発した。

当時のミズーリアン紙には、釣り人としてだけではなくダンスのインストラクターとしてのバニヤンの活動が数多く紹介されている。第一次世界大戦でヨーロッパに出兵したバニヤンは、歌って踊れるエンターテーナーとして部隊の仲間たちを楽しませ、ミズーラにやって来てからは舞台パフォーマンスやダンスのクラスを始めた。ミズーリアン紙が釣り名人としてのバニヤンを取材した際には、「ブラックフットのエース」と呼び、以下のような記事を紙面に掲載した。

——わざわざ遠くへ行かなくても、近場でクリールいっぱいの魚を釣ることができる釣り人がいる。彼は市電でボナーまで行き、たいがいはブラックフット・リバーがクラーク・フォークに合流する辺りで下車して、その季節にマッチしたバニヤン・バグ、たとえば6月ならサーモンフライ（訳注：巨大なカワゲラの一種）、夏ならモスキートフライを使って釣る。彼の名はポール・バニヤン。その日の夕方、彼は自作の『ポール・バニヤン・ラウンド・リバー・モスキート』フライで、合計十七匹の良型ニジマスを釣り上げた。この『ポール・バニヤン・ラウンド・リバー・モスキート』はモスキートと名づけられていながら、大きさがマルハナバチほどある奇妙な形のフライだが、魚は疑うことなく次から次へと飛びついていった。この日バニヤンは州の規定で決められている「ワンフット・ルール」に従って、十二インチ以下の魚をリリースしたが、その数は五十四を超えていた。

当然のように父はバニヤンのフライに注目した。1920年代、まだ葉巻の吸殻のように太かったバニヤン・バグが売り出された最初の年に購入し、それ以来フライボックスのスタメンとなった。その後発売されたより洗練されたバージョンが大好きで、『ア・リバー』には、「とても大きくて派手で、箱を開けたときに最初に目につくフライだ」と書かれている。

バニヤンが経営するポール・バニヤン・フィッシング・タックル社で販売されていたバニヤン・バグは、バニヤン本人の手で巻かれたものではなく、彼の親族の女性たちによって製作されたものだ。バニヤンが自分でフライを巻いたのは、川辺で水生昆虫の羽化が始まり、今すぐ必要というようなときに限られていた、と孫のリチャード・ローズは語っている。ただし自分用、友人用、販売用にかかわらず、ロッドの製作はすべてバニヤン本人がおこない、ラッピングスレッド（訳注：ガイドリングなどを留めるための絹糸）にはしばしば七色のレインボーカラーが使用された。

当時のミズーラには1925年に三十八メートルのフライキャスティングで世界記録を樹立した、モンタナ・フライタイヤーズの父と呼ばれる長老ジャック・ベーメがいた。前出のボーガーによると、この世界記録は当時の道具としての最長キャストであり、ダブル・ホール（訳注：ロッドを振っていない方の手でキャスト中のフライラインを引っ張り、ラインスピードを加速させる方法）が導入されて飛躍的に距離が伸びた１９３０年代まで、この記録が破られることはなかったという。ボーメはミズーラの中心にあった「ターフ・バー」の共同出資者で、店舗の一角でフライフィッシングの道具を販売していた。ターフ・バーはミズーラでフライタイイングをしているプロ、およびセミプロが集まるクラブハウス的な機能を果たし、その中にはバニヤンもいた。ボーメはそこでしばしばフライフィッシング・スクールを開催していたが、興味深いことには、当時のレッスン・カリキュラムにシャドーキャスティングが含まれていることだ。シャドーキャストは当時ミズーラでは流行の技法だったのかもしれない。

ターフ・バーにはドイツから移住してきたオランダ人のかつら職人、フランツ・ポットも常連だった。彼は本職の技術を応用して、獣毛やその他のさまざまな素材を使い、三十種類のオリジナルフライ・パターンを作った。なかには特許を取得したものさえあって、その技法は現代まで受け継がれている。

ターフ・バーに集っていたそんな長老タイヤーたちを見て学んでいたのが、若かりし日のクルーネンバーグスで、後に「ザ・ジェネラルズ」という著名フライパターンを生み出すことになる。ターフ・バーの常連たちは、釣った魚をボブ・ウォード・スポーツショップの前に置かれた氷の樽に入れ、「使用フライはたったの一本。七日間で合計九十キログラムの成果」と書いて、自分のフライがいかに効果的であるかを宣伝したが、これもクルーネンバーグスが引き継いだ方法だ。彼らはミズーラ周辺の川におけるフライフィッシングのパイオニアだったが、ブラックフット・リバーの豊穣さを発見したのは彼らではなかった。

イギリスから侵略者がやって来るまで、北米大陸はネイティブ・アメリカンの土地だった。厳密に言うならネイティブ・アメリカンには大地を所有するという発想がなかったから、誰の土地でもなかった大地が、大西洋を越えてやって来た野蛮な部族によって侵略され、支配されたというのがじっさいのところだろう。当時のミズーリ・リバー流域に広がるフラットな地域の特性として、バッファローが多く生息していた点が挙げられる。この巨大な野生生物は、北米大陸に住む多くのネイティブ・アメリカン部族の食を支えていた。

大陸分水嶺よりも西側に居住する部族の主食は、コロンビア・リバー流域に生息するサーモンとトラウトではあったが、食用はもとより、衣服や道具として利用が可能なバッファロー狩りは重要なイベントだった。そんな彼らの障壁となっていたのは東側にそびえ立つロッキー山脈で、西と東をつなぐ最短ルートであるブラックフット・リバー沿いの道は生命線であった。ブラックフット・リバーが「バッファローへの道沿いの川」と呼ばれているのはそんな歴史的な事情があるためで、ブラックフット・リバー沿いにバッファローが生息していたわけではない。

クラークと共に初めて北米大陸を横断したルイスは、ブラックフット・リバーの第一印象を日記に記している（ルイスの日記はクラークに比べて、はるかに詳細だ）。「川幅は七十メートルほどで、流れは速く深い。土手はそれほど高くはなかったが、洪水を引き起こすようには見えなかった」。クラーク・フォークとブラックフット・リバーはどちらも「急流と浅瀬が交互に現れる航行不能の川」とある。

現ミズーラから上流のブラックフット・リバーは数キロの間、険しい山々の間を縫うように流れている。北側に迫っている山の急斜面がそのまま川までつづいている箇所が多く、今も昔も道は川の左岸（訳注：川の上流側から見て右が右岸、左が左岸）についている。平行して走っているハイウェイ200号線から川が一望できるこの区間は、ミズーラの市街地から近いこともあって、今はボートによるフロート・フィッシングでもっとも人気のある区間となっているが、ルイスはこの区間を、「山は高く、岩が多く、周囲を木々に囲まれている貧しい土地」と表現している。数カ所の例外を除いて、先カンブリア期の地層が露出している堆積岩がつづいている。水平から垂直までのあらゆる角度で、頁岩《けつがん》が川の左右にそびえ立っている。砂と泥から形成されているこのもろい岩石帯は、七千万から七千五百万年前にモンタナの東に移動した、巨大な地殻プレートによってこのような形状に押し潰されたとされている。凍結、融解、その他もろもろの作用によって、岩は無秩序に重なった巨大な扇状の山と化し、川沿いの通行を困難にしている。ルイスは日記に、険しい道だと記したが、道がないと書くことはなかった。当時から、それほどはっきりとしたトレールが存在していたのである。

食糧確保が常に重要課題でありつづけたルイスたちの旅だというのに、このブラックフット・リバーで釣りをしたという記録は残されていない。彼らが急いでいたことと、川が雪代《ゆきしろ》で増水していたことがその理由だ。探検隊は食用の魚を確保するために三千本近い釣り鉤を携えて出発した。骨や鹿の角などを加工した原始的な釣り鉤を使っていたネイティブ・アメリカンたちにとって、金属製の釣り鉤は革命的で、各部族との物々交換では魚釣りよりもはるかに効率的な食料調達手段となった。

ルイス分隊には釣りが得意なサイラス・グッドリッチ軍曹がいて、日誌にはトラウトという単語が二十回以上登場するが、ルイス分隊がブラックフット渓谷を旅した際の記録には魚に関する記述はない。もしグッドリッチ軍曹がブラックフット・リバーで釣りをすることができたら、日誌には、ブルトラウト、アークティック・グレーリング、ホワイトフィッシュ、ウェストスロープ・カットスロートの名が記されたことだろう。

ニジマスとブラウントラウトがモンタナに移植されたのは1889年のことで、それ以前は存在していなかった。現在、ニジマスはモンタナ州でもっとも人気のあるゲームフィッシュだが、例外的な一部地域を除いて放流はされていない。逆に、在来種であったカットスロートを復活させる取り組みが各地で進められている。

ブラックフット・リバーには在来種のウェストスロープ・カットスロート、ニジマス、そしてニジマスとカットスロートのハイブリッドであるカットボーが生息している。ニジマスとカットスロートが近親種であるために交雑してしまうのだ。ニジマスは早い瀬の中に、カットスロートは流れの緩い所を好む。

第五章　マクリーン牧師の晩年

ビタールート・リバーとブラックフット・リバーは、ミズーラ周辺でクラーク・フォークに合流する二つの支流だ。どちらも川沿いに道路があり、釣り場へのアクセスはいい。本流のクラーク・フォークは水量が多く魚の種類も豊富だが、採掘や製錬の最盛期はビュート近郊の源流の汚染がひどく、この川で釣った魚の味はひどかった。マクリーン夫妻が好んだのは、ビタールート・リバーとブラックフット・リバーの魚で、どちらの川もきれいだったし魚もたくさん釣れたが、1920年代半ばにシーリー・レイクのキャビンが完成すると、必然的に近場のブラックフット・リバーがマクリーン家御用達の川となった。

少年ノーマンとポールは、両親とキャビンで多くの時間を過ごし、夏は網戸のあるポーチで寝た。涼しくて寝心地が良かったこともあるが、夜明けと共に活動を開始するカモの羽音を聞き逃したくなかったからだ。羽音を聞いてベッドを抜け出して着替え、ショットガンを抱えて湖の南に広がっている湿地帯へ向かい、夕飯にするカモを撃った。

やがて二人は成長して学校へ通うようになり、夏休みにアルバイトをするようになると、家族四人全員がそろってキャビンで過ごす時間は少なくなっていった。そんな時期に父とポールが、ミズーラまで徒歩で戻ったという逸話はほとんどマクリーン家の神話となっている。二人はおそらく最短コースとなるジョッコ峠を越える山道を使い、ラトルスネーク・クリーク沿いのトレールを南下して町に入ったはずだ。シーニー・レイクからミズーラまでは、車を使った舗装路で行けば九十キロだが、二人は近道の山越えのトレールを選んだ。日曜日の礼拝に間に合わせるためには夜出発する必要があった。グリズリーやピューマがどこに身を潜めているかも知れず、ほとんど命がけの肝試しである。山小屋から山道に入るまでの数キロはマクリーン牧師が車で送ったが、山道は距離こそ短縮できても標高差には苦しめられたはずだ。シーリー・レイクの標高は一千二百メートルで、ミズーラに戻るためには一番低い所を選んだとしても一千九百五十メートル地点を越えないとならない。私はこの神話の発生源である父本人と共に、実態を解明すべく二人が祖父の車を降りた地点からルートを特定しようとしたのだったが、そもそもその車を降りた地点がどこかさえはっきりとわからず、二人がたどったトレールを発見することはできなかった。父はポールとの夜のハイキングが、一度だけではなく数度おこなわれたかもしれないと言っていたが、肝心のルートについてはまったく記憶にないのだった。最近、シーリー・レイク・コミュニティーの発案で父とポールがたどったルートを記念トレールにしたいという話が持ち上がったが、何しろ肝心のルートがわからないのだから、どうにもならない。

わからないといえば、父が著作の中に記していた、彼とポール、そしてマクリーン牧師が最後に一緒に釣りをした場所がどこであるかも特定できていない。現場はベルモント・クリークとブラックフット・リバーの合流点近くであることはまちがいない。かつてベルモント・クリークをまたいでいた古い鉄道橋はすでになく、残っているのは川の近くに立っている木製の支柱だけだ。父はクルーネンバーグスと共に、彼自身とマクリーン牧師が並んで土手に座り、ポールが大ニジマスを釣り上げた（と自分で書いた）シーンの正確なポイントを特定しようとしたことがあるが、それも失敗に終わった。釣り場のポイントについては、謎のままにしておいた方がいいのかもしれない。

父とポールが成長してからは、シーリー・レイクのキャビンは牧師とクララ・マクリーン専用の状態になっていった。牧師は手こぎボートの船尾に一・五馬力のエヴィンルード・エルト製の船外機を取りつけ、アメリカンチェリー・カラーのビーズが連なった仕掛けに、真鍮製のスピンルアー「フラッシャーズ」を連結させて小魚の群れを演出し、パイプをくわえながらトローリングでマスを釣っていた。魚のいるタナまで仕掛けを沈めるために、牧師は取っ手つきの板に銅線を巻きつけていた。キャビンが父に代替わりすると、その仕掛けはスポーツマンシップに反するという理由で全面的に使用禁止となったが、それまでもその仕掛けは、「カウベル」という、やや差別的な呼ばれ方をされていた。

牧師は秋になると自作のグリーンキャンバス地のカバーを取りつけたダックボートを、湖岸の葦の中に引き入れてギリシャ語の聖書を読んだ。レミントンのショットガンをひざに置き、マガモやハジロが飛来するのを待ちながら。彼とクララは11月に入ってもしばしばキャビンに滞在し、「よくあの寒さが我慢できたものだよ」と父が語るほど寒い冬の夜には、暖炉の前にベッドを寄せて寝た。彼らは湖のアウトレット（クリアウォーター・リバー）に架かる橋に行き、大きな釣り鉤に牛肉の塊を突き刺した釣り糸を橋の上から垂らして、産卵のために川を遡上してきたブラウントラウトやブルトラウトを釣った。

けれども牧師の周囲にあるのは孤独と寒さだけではなかった。牧師は公衆の前では近寄りがたい存在でありながら、ミズーラの若い世代にとってはかけがえのない相談相手だった。デイビー・ロバーツは、代々つづいた第一長老教会教区民一家の出身で、彼が仲間とブラックフット・リバーで釣りをしていたとき、牧師が足を滑らせて水に落ちて、全身ずぶ濡れになったことがあった。季節は冬の入り口で、老いた牧師の口びるは青ざめ、低体温症の兆候が出ていた。若者たちは牧師を近くの牧場の家まで連れていくと、牧場主は彼を温めるためにウィスキーを勧めた。禁酒主義者の牧師の口癖は、「スコットランド人が破滅したのは、スコッチ・ウィスキーのせいだ！」だったが、この日彼はグラスを拒まなかった。牧師は、ウイスキーがよみがえらせたらしいスコットランドなまりで、「とても温まるよ！」と牧場主に感謝した。アウトドア・ライターとしてのキャリアを積んだロバーツは、後年牧師について次のようなコラムを書いた。

――マクリーン牧師がシーリー・レイクのキャビンに行くのは、毎年、雪が溶けてすぐの頃のことだった。雪と氷が落とした枯れ枝を家の周囲から取り除き、薪ストーブ用の薪をくべ、室内を掃除した。春が来ると、湖でのマクリーン牧師のトラウト・フィッシングが始まるのだ。というのは、年老いた牧師の肩には重い年月がのしかかっていて、川での釣りが思うに任せなくなっていたからだ。

彼は長い間、山と共に暮らした。彼は世紀をまたいで、ノバスコシアの小さな丘やモンタナ西部長老派の説教壇で説教をした。「最初の頃、ロッキー山脈は冷たく不親切な巨大な塊で、故郷の小さな森の丘に比べるとずいぶんと冷ややかだったよ」と後年私に語った。あるいはそれは自然のことを語ったわけではなかったのかもしれない。けれども、モンタナはやがて牧師を温かい毛布でくるむようになった。

年を重ねるにつれて、彼はロッキー山脈を愛するようになった。物静かで頼りがいがあり、穏やかで、善良さ、ユーモアと常識に満ちている哲学者だった。父の親友だったロバーツはその後、私の友人となり、釣り仲間となった。最後の数年間、牧師は自分のことをしばしば「オールド・マクリーン」と呼んでいた。私たち若い釣り人がそれを真似して牧師をそう呼ぶと、いつもうれしそうな笑みをこぼした。

昇格したマクリーン牧師がミズーラの説教壇を去ったのは１９２５年のことで、ヘレナに移ってモンタナとワイオミングを統括する本部の秘書的な役割を担った。もちろんシーリー・レイクへは定期的に往復を繰り返し、釣りや読書をした。聖書を読み、詩を読んだが、好きな作家はイギリスの宗教詩人、ジェラード・マンリー・ホプキンス、ジョージ・ハーバート、ウィリアム・ワーズワースだった。マクリーン牧師は移民した大半の人々がそうであるように、アメリカを愛し、アメリカ人であろうとした。

第六章　ポール！　ポール！

ダートマス大の教師職を捨ててモンタナに戻ってきた父は、しばらくの間森林局で臨時雇用員として働いていた。このまま森林局の正式職員となるか、あるいは高校教師の職を得るのか、そしてそのどちらがジェシーと暮らすためにふさわしいのか。そんな父の迷いはゴールド・クリークのレンジャー・ステーションからジェシーに宛てた、「ラブリー・ジェス」で始まる大量のラブレター群の一通からも読み取れる。その中で父はジェシーに対して、子供向けの詩を集めた人気アンソロジーの新版に彼の詩を二編収録したいという依頼があることを伝えて、詩の世界で成功する可能性があることを語り、詩人として生きる未来に期待している。

森の中で一日中肉体労働をつづけていた父には、夜、詩を書くための時間やエネルギーは残されていなかった。それでも父は山での日々が充実しているとも感じていて、「今、私の体を包み込んでいる暗がりのどこかに、タイプライターが浮かんでいる。詩は深遠な宇宙のどこかに潜んでいて、じっと私が帰ってくるときを待っている」とジェシーへの手紙に記している。ただ彼は、ジェシーと離れて暮らすことが苦痛でならなかった。「来年の今頃は、きっと一緒にいることができるはずだ。誰にも引き裂くことのできない絆で結ばれているのだから。ジェス、愛している」。

ジェシーはミズーラにある大学で二年間歴史を勉強した後、１９２８年にはヘレナで州監査官の助手としての職を得た。商店主であった父から受け継いだ独特の方法で、彼女は常に正確な暗算をした。父と結婚してからはジェシーが家計簿をつけて小切手を書いたが、大学教授の妻にありがちな私設秘書的な役割からは距離を置いていた。父がタイプライターの使用をやめて、著作を含めたすべてを手書きでおこなうようになると、ミミズがはったような判別困難な文章は、シカゴ大学の暗号解読プロフェッショナルであるところの歴代タイピストによって清書されるようになった。

ジェシーがヘレナで職を得たその同じ年に、父はミズーラで高校教師の職を断られた。その理不尽さに怒り心頭の父は、モンタナとの決別を決意し、結果的にシカゴ大学の英語科助手ポストを得た。同大学での博士号取得を目指して、助手として研鑽《けんさん》を積む決心をした父だったが、仕事を始めてすぐに、助手の仕事が退屈きわまりないルーティン作業であることを知った。たとえば任された仕事の一つに新入生の英語論文の採点があった。金曜日の午後遅くに自室へ戻って、ジンを二、三杯飲んでから（禁酒法が施行されていた時代に、と追記しておく必要があるだろう）、『サイロの満たし方』のような、詩とはまったく無関係なテーマについて書かれた千字詰めの原稿三十枚を読まなければならず、父いわく、「おかげでトウモロコシのエキスパートになることができた」らしい。

その後、教壇に立つようになってからは、ラブレーやチョーサーといった難解な古典作家の作品を、生き生きとした言葉で現代によみがえらせることで評判になった。人気のノーマン講義のときだけ教室に通う生徒すらいて、教室は常に満員だった。新学期の履修登録のときには、父の授業を受けたいがために寝袋を持ってきて、受付順番待ちをする生徒がいたほどだ。

父の教え子に、詩人として優れたキャリアを積み、後にイェール大学初の女性英語教授となったマリー・ボロフがいる。彼女が初めて父の講義を聴いたのは生徒としてではなく、シカゴ大のマンデル・ホールに集まった一般聴衆としてだった。当時、父は彼独自の授業内容もさることながら、森林局のレンジャーでライフルの扱いがうまく、学生時代はハンドボール・プレーヤーで、カスター将軍に関する専門家でありながら、同時にアリストテレスの専門家である、という文学系の教授としては異例中の異例の経歴で知られるシカゴ大の名物教授だった。初めて父の講義を聞いたボロフには、彼の生々しくありながらも、妙に渋く、決して先を急がない独特の話し方が印象的だったという。若き日のボロフの才能を見い出した父は、彼女が文学者として一人立ちした後には、自分が書いた散文を批評をしてもらう、いわば生徒と先生が逆転したような立場となるほど絶大な信頼を置いていた。ときにお互いの意見が食いちがうこともあって、しばしば父はボロフから、「物語の進行を重視するあまり、空気や大地や草木たちへの関心がないがしろにされている」と言われたという。

モンタナとは物理的に離れていた父だったけれども、精神的には常に一本の太い糸でつながっていた。父は薄く、罫線のない用紙に詩や散文を記してバインダーにファイルしていたが、大半のテーマは西部についてのものだ。そんな黄ばんだページには、「彼はラバの皮を剥ぐのが上手だった」という手書きの一行や、もう少し長く作品としての形態を整え始めている文章がある。次の「木こり」は、明らかに父が残した物語の一つ、『伐採とポン引きと憎めないジム（Loging and Pinping and your Pal, Jim)』に記された、父本人らしき主人公と気難しい木こりの関係を予感させる。詩の形式を取りながらも、内容的には散文である。

木こり（THE LUMBERJACK）

一日だったか、何日だったか、覚えていない
その間中、私たちの周囲にあったのは
のこぎりの音だけだった
一日だったか、何日だったか、覚えていない
その間中、彼は腹を立てていた
自分に対して、腹を立てていたのだ、たぶん
彼の怒りはいつ終わるとも知れなかった
黙っていた
私がしたのは、それだけ

彼は腹を立てていた
そしてひどく熱心に働いた
あるとき二人で丸太を切っていると、ふいに
もう、やめようぜ
という言葉が聞こえた
どうして？
もう二週間も働いたんだ
このままじゃ、ここに根が生えちまうぞ
誰かに切られる前に
さっさと出ていかないと
それもそうだな
私たちはノコギリとオノを草むらに投げ入れ
そこを去った

父が博士号を取得したのはシカゴ大に勤務し始めてから十二年後の１９４０年のことだ。ロックフェラー・メモリアル・チャペルで毎年おこなわれる招集式で、学長のロバート・メイナード・ハッチンズから博士号を授与された。アカデミックな装束に身を包んだ数百人が見守る中で、ハッ

チンズは父に、この日を待っていたんだ、と小声で言った。その二年後、ハッチンズは、アメリカの第二次世界大戦への参戦に伴い、入隊のために辞職した学生部長の後釜に父を指名した。父も海軍情報部に志願しており、すでに任官を打診されていたが、それを断って学生部長のポストに就いた。学生部長だったのは1942年から1945年の戦中だけのことで、ポストを継続させたかったハッチンズの意向に反して、父は英語科に戻った。父は学生部長の大きな役割である退学措置を執行することが苦痛で、その結果潰瘍《かいよう》を患ってしまったのだ。スコッチのミルク割りからバーボンの水割り（バーボン&ディッチ）に戻すほどには胃腸は回復したが、結局父はその後生涯にわたって慢性の腸炎に悩まされることになる（訳注：「バーボン&ディッチ/Bourbon and ditch」は、当時のモンタナの鉱山労働者たちが好んだためにそう呼ばれた）。

都会で生まれ育った生徒たちに文学だけを教えていると、結果的に偏った教育になると考えた父は、釣りや自然やアウトドアライフの楽しさを伝える教材を選ぶようになった。じっさいシカゴ大はクロスオーバー的な授業を奨励してもいた。そんな中で、ティーンエージャーだったジーンと私が逆授業参観をしたことがあって（訳注：アメリカには4月末に父親の職場を見学する日がある）、父はヘミングウェイの『老人と海』を教えていた。授業の中程で、父は生徒たちに質問を投げかけた。「登場人物が漁師一人という異例な設定の中で、ヘミングウェイは物語を成立させるために必要な要素を何から引っ張り出してきたか?」。私はウソのように簡単な質問だと思ったが、意外なことに教室の生徒たちは沈黙したままだった。恥ずかしくなるほど長い沈黙の後、手を上げた私は、「魚です！」と言った。父は満面の笑みを浮かべて、「さすが私の息子だ！」と言った。

ダートマス大を卒業したポールは、その年の秋に就職活動を開始した。父がシカゴ大の助手を始めた同じ1928年のことだ。父のガールフレンドだったジェシーとも親しくなり、しばしば「親愛なるジェイキー」、「ジェイク」というおてんば娘時代のニックネームを使った手紙を出したが、父と結婚すると一転して「親愛なるジェス」に変えた。10月にはジェスと一緒にヘレナでフットボールの試合を観戦し、そのあとマーロー劇場で、大富豪の恋人を殺した罪に問われたショーガールを描いたメロドラマ『メアリー・デュガン裁判』を観劇したと書いて報告した。このデートじみた一日に対する父の反応については不明だ。

ポールの就職先を気にした父は、ニューイングランド方面の求人広告を送ってきた。履歴書に自分の良いところを書くのは難題中の難題だと言って「適当に書き」、その結果マクリーン牧師が書き直すことになった。ポールからの返信には、モンタナで香水や魔法瓶のセールスマンになるつもりはないけれども、あまり長い間職なしでぶらぶらしていたくもない。ボストンにでもどこにでも行く覚悟があるし、きっと何とかなるからあまり心配し過ぎないでくれ、とあった。じっさい、家族の心配をよそに、あっさりとポールはヘレナで新聞記者の仕事を始め、その後すぐにグレートフォールズで『トリビューン』紙、そしてその後はライバル紙の『リーダー』紙の記者となって、またヘレナに戻った。ポールがトリビューンを辞めた理由は、父が教授の助手として経験したような、新人に与えられがちなルーティン作業に耐えられなかったからだ。ジェシーに宛てた手紙の中で、ポールは自分の仕事をベークド・ハム、ポテトとキャベツのサラダを食べることだと自嘲している。「月曜日は元気で陽気な人々が集うキワニスクラブの日で、ハムとポテトとサラダを食べる。火曜日はライオンズクラブだから、自分の利益のことしか考えない素晴らしいビジネスマンたちとのランチで、もちろんハムとポテトとキャベツのサラダは欠かせない。そして待望の水曜日がやって来る。もちろんロータリークラブの日には、金銭的に恵まれた素晴らしいろくでなしたちと、待ちに待ったハムとポテトと……」。

ポールはそうつづっているけれども、この時期、彼はすでに金銭トラブルを抱えていた。この頃の父への手紙には、「オレは借金取りたちに追われていて、道ばたに落ちている一枚の紙っぺらにさえ、借金の金額が書いてあるような気がする。ハンターに追われているシカだって、こんなにおびえた目をしていないだろう。どこかに指紋が残るのを恐れて手袋をしている。そう、オレは借りてはいけないところから、金を借りてしまったんだ」とあるのだ。

同じ時期、ポールは仕事にも行き詰まっていて、自暴自棄になる理由に事欠かなかった。父に向けた次のような手紙が残っている。

――ときどきオフィスのフロアをはいずり回って、全身ほこりまみれになって同僚たちを驚かそうかと思うんだ。そうすればオレが存在していることに気づくだろうから。

トリビューン紙にポールの名前が現れることはほとんどなかったが、父についてはしばしば報告された（個人情報拡散が地方紙の使命の一つだった時代のことだ）。「ノーマン・F・マクリーンは、シカゴ大学英語助教授を務めているシカゴから月曜日に到着する予定である」。「マクリーン氏はヨーロッパ旅行からモンタナに戻り、グレートフォールズで弟のポール・マクリーンを訪ね、その後ヘレナへ向かい、両親のマクリーン牧師夫妻を訪ねる予定である」。

何もかもがうまくいかず、ポールにとっての頼みの綱であったフライフィッシングでさえ、彼に味方することはなかった。「ほとんど釣りにはならなかった」と、彼は5月のシーリー・レイク釣行についてジェシーに書いているが、それでも文章に陽気さが見て取れるのは、町を出て自分の場所に戻ってきた安心感からだろうか。

——湖に着くまでに合計十一回、断続的に雨に降られたんだけれど、それでも何とかなるって思ってたんだ。キャビン辺りまで行けばきっと釣りになるって。だけど、到着してわかったのはシーリー・レイクこそが雨の総本山だったってこと。雲はキャビンの屋根を目印にして、そこら中から集まってきた。あんな水位が高い湖は見たことがなかったよ。もし魚を見つけたら、魚が溺れないように飛び込んで助けたと思う。

弱り切ったポールの心の中にはシーリー・レイクがあり、シカゴにいる父とジェシーがいた。身の回りのトラブルから逃げ出しかったポールにとって、兄夫婦が暮らすシカゴは別天地のように思えていたのだろう、次のような文章もある。

――いつも、君たちの人生はどうなっているのだろう、きっと楽しいんだろうな、と思っている。近いうちに会いたい。私たちは互いのことを決して忘れてはならないからね。

やがてポールはトリビューン紙から解雇される。

――トリビューンは、自殺の増加に関して、銃弾の高騰だけが死亡率を抑えている、と書いたスター記者を放り出してしまった。これは真実の死に等しい。

これはポールが解雇された後にジェシーに出した手紙だ。しかしながら、驚いたことにポールは解雇を休暇と捉えてのんびりしていた。それが自暴自棄によるものなのか、あるいは余裕からなのかはわからないが、いかにもポールらしい話ではある。ポールが解雇されたのは禁酒法が消滅する前々年のことで、ポールはジェシーの故郷であるウルフ・クリークを訪れ、ジェシーの弟ケン・バーンズが自分用のビールを密造してダンスホールの地下に隠していたことを知って喜んだ。ポールは「暗がりの中に伸びている使い古された抜け道をついていったら、そこにドアがあってね。もちろんダンスなんてしてる人はいやしなかった」と書いている。

解雇されたポールだったが、しかしその後ジャーナリズムの世界で大きなチャンスを得ることになる。ヘレナ・インディペンデント・レコード紙に記者として雇用されたのだ。1933年の立法会期から州議会記者という重要な仕事を任された。ポールの報道は注目され、評判も良かったが、きわめて荒っぽいものでもあった。

1936年にポールが記者として関与した二つの事件は、まるでハリウッド映画のような筋書きで、ポールもまるでブラッド・ピットのような派手な立ち回りを演じている。一つは州議会議事堂で起こった、謎めいた盗聴事件である。事件の発端は、その年の1月19日に、州鉄道公共サービス総監のレナード・ヤングが自分の執務室に仕掛けられた盗聴器を発見したことだった。盗聴器から伸びていたコードは、隣室のジェリー・オコンネルの事務所につながっていた。この発見を聞きつけた記者たちの中にポールもいた。記者たちが議会事務所に到着したのは深夜の一時。ポールがオフィスのドアをこじ開けようとしたところ、駆けつけた三人の鉄道委員会の事務員がポールに手を出し、殴り合いになった。その後、モンタナ知事のエルマー・ホルトもやって来たが合鍵が見つからず、知事の部下がオフィスの窓を割ってヤングのオフィスにはい入った。ところがすでにオフィスには盗聴器はなく、しかしもう一方の窓は開け放たれたままだった。廊下での乱闘と混乱の間に、誰かが窓から盗聴器を持ち出したのではないかというのがポールたちの推測だった。ところがなぜか知事は「もうこれ以上は調べなくてもいい」と発言し、その不自然さを怪しんだポールが部屋の中を調べたところ、盗聴器の部品と思われる残骸があった。しかしこの一件は水面下で政治的決着が着いたらしく、その後の調査もなく未解決のままに終わってしまったのだ。

もう一つの事件は、同じ年の11月に起きたモンタナ州ハイウェイ委員会のW・O・ウィップス長官との殴り合いだ。ポールの証言によれば、殴り合いの発端はウィップスが彼を「卑劣なネズミ」に始まって、汚い言葉を使ってこき下ろしたことだった。ヘレナ・インディペンデント紙の記事（もちろんポール自身の記事だが）、には「それでもポールは、殴り合いの開始を意味する最悪の四文字が口にされるまでは、言葉の攻撃に耐えていた」と書かれてある。

ポールの喧嘩哲学は単純明快だった。先制攻撃である。最初のパンチにすべてがあると固く信じていた。それは相手へのダメージもさることながら、そういった状況下に居合わせた人々が、最初の一撃の直後に喧嘩を止めることが多いからである。一発しかチャンスがないから、最初に手を出した方が勝ちというわけだ。万が一、止めが入らなかった場合でも、最初のパンチが与えたダメージで有利に喧嘩を始めることができる。ポールはウィップスから殴り返されはしたが、楽しめたから元は取ったと報告している。ポールは当時友人と、夜の町にわざわざ喧嘩のネタを探しに出かけて、もし町に喧嘩の気配がなければ、連れの友人に喧嘩をふっかけるという噂だった。

翌年の1937年にヘレナで開かれた立法会議を取材した後、ポールはモンタナを離れ、兄を追ってシカゴに向かった。この新環境はポール自身の選択というよりは家族の強いアドバイスによるものだった。ポールを落ち着かせて、より将来性のある仕事に就かせるためには、モンタナを離れた方が良いと考えたらしいのだが、じつはその背景が今一つはっきりしていない。いずれにしてもその年の3月12日、ポールはシカゴの新聞社のコラムニストになるという大志を抱いて大都市へと旅立った。毎年夏には兄夫婦とキャビンに戻り、フライフィッシングとモンタナとの絆を保ちつづけようという思いを胸に抱きながら。


兄の後を追ってシカゴへやって来たポールだったが、当時も今もシカゴの大新聞社の雇用は、政治、財力、後援が絡み合った損得まみれの灰色世界で、西部の空気が体中に染みついた若者が雇用される可能性はきわめて低かった。新聞社という、状況によって味方にも敵にもなりうる相手の懐に自分の息のかかった人材を入れておきたいというのは、地場の有力者にとっては当然のことなのだろう。しかしポールはシカゴの新聞社に影響力を持つ人物など一人も知らなかったし、モンタナ州でのジャーナリストとしての履歴などは何の役にも立たなかった。

マクリーン一家に残っている伝説では、この部署の責任者であり、父の友人でもあったジョージ・モーゲンスターンが、ポールをシカゴ市が運営するシティ・プレスに就職させようとしたことになっている。シティ・プレスには、シカゴ市内で発行される日刊紙のニュースを選別収集する役割があり、ジャーナリスト養成所的な性格の強い機関だった。しかしながら、モーゲンスターンはシカゴ大の広報部長に就任したばかりで、有力なコネを持っていなかったため、この試みは失敗に終わる。

モーゲンスターンはそれから三十年以上後に、まさかもう一度同じ試みをすることになろうとは思いもしなかっただろう。私をシティ・プレスに推薦してくれたのはモーゲンスターンだったのだ。それまでジャーナリズムの経験はおろか最低限の知識すらなかった私に、モーゲンスターンとシティ・プレスは私にニュースビジネスへの門を開け放ってくれた。ポールはシカゴにやって来るのが早過ぎたのだ。遅れてやって来た幸運な私は、シティ・プレスでジャーナリズムの基本を学んだ。「もし母親があなたを愛していると言うなら、その証拠をつかめ」というような指導がシティ・プレスのやり方だった。私がシティ・プレスに入った頃には、すでにポールが応募したときの古い履歴書や、当時オークパークに住んでいて、同じく不採用となった一人の青年の履歴書も処分された後だった。アーネスト・ヘミングウェイもコネを持ち合わせていなかったのである。

結局、ポールは父の斡旋でシカゴ大学の広報報道部門のアシスタントの職を得た。大学のプレスリリースを書いたり、会議やセミナーの企画をすることで大都市でのキャリアをスタートさせたのだ。両親へ宛てた手紙には、旧約聖書のテキストに関する会議を企画したことを報告して、喜ばせたりもした。

父とジェシーにポールが合流し、シカゴ大は刺激的なモンタナトリオの本拠地となった。当時のシカゴでは、モンタナには鉱山労働者とカウボーイしかいないと思い込んでいる人が大多数で、1922年にフィッツジェラルドが発表した小説『リッツのように大きなダイヤモンド』の設定（モンタナの大邸宅が巨大なダイヤモンドの上に建っていたことから「世界一の大金持ち」になった男の息子の話）もその典型だった。モンタナに対してそんな先入観を持っていた人々を驚かせたのが、ハンサムでスポーツ万能（ポールも父同様、優秀なハンドボール・プレーヤーだった）のタフガイ兄弟と、スコティッシュとアイリッシュの血が混ざった美人のトリオだったのだ。ジェシーは容姿に恵まれた女性や教員の妻としては珍しく、きわめてオープンな性格だった。あるいはそれもモンタナという土地に生まれ育ったからかもしれない。

ポールとジェシーはどちらも自由奔放で、二人の間にはどこかしら似た者同士的な理解と愛情が流れていた。一方で父は、常に自分に責任を課す厳しくストイックな生き方をしていて、そのちがいは友人や同僚の目にも明らかだった。シカゴ大の友人でもあるジーン・C・デイビスは、兄弟は仲が良くて似てはいたが、ポールは「ノーマンより気性が荒く」、「ノーマンは物静かで詩的だった」と言う。

ポールはシカゴ大の若い女性たちの人気の的となった。三十代前半で体格が良く、映画スターのようにハンサムだったからだ。秘書たちは、ポールがランチタイムに建物の通路を歩く時間に合わせて待ち伏せをした。ポールは兄夫婦が住んでいるドレクセル通りのアパートから数ブロック先のウェルドン・アームズ・ホテルに長期滞在ができる部屋を見つけた。たいがい夕食は一緒に取ったが、必ずしもポールが毎日規則正しい生活をしていたというわけでもなかった。デイビスによると、しばしば朝方に校友会の事務所の椅子で寝ているポールの姿を目撃したという。せっかくモンタナを抜け出してきながら、ギャンブルの悪癖から逃れることはできなかったのだ。

ポールが死んだのは1938年5月1日の日曜日、モンタナからやって来て一年と二カ月が経過した日だった。その日の午後、ポールは二週間分の給料である五十ドルの小切手を現金に換え、ガールフレンドのロイス・ナッシュ（二十九歳で赤毛のアイルランド人看護師）を連れて、コミスキー・パークでおこなわれたホワイトソックスの試合に出かけた。後にナッシュはポールと二カ月間交際し、結婚の約束を交わしていたと語った。ホワイトソックスはセントルイス・ブラウンズと対戦し、七対五で勝った。

ポールはその日ハイドパークにあるレストラン、モートンズでナッシュとディナーを楽しんだ。夕食後、二人は友人を訪ね、その後ポールはナッシュを彼女の自宅まで送り届けた。彼がナッシュの家を出たのは午後十時十五分頃だった。ポールは自分の部屋に戻るために、ミッドウェイ市内を南に向かって歩いた。そして、ポールが家に帰ることはなかった。

以下の事件は、シカゴ大のすぐ南、ポールが住んでいたウッドローン地区の数ブロック間で起きた。5月2日、月曜日の真夜中過ぎにシドニー・ソレンソンは自宅の前で奇妙な男を目撃した。その男は地面に身を投げ、よろめくふりをして（ソレンソンの目にはそう見えた）立ち上がりながら歩いていた。ソレンソンによると、そこにいた二人の黒人女性と一人の黒人男性が、その奇妙な男に警戒して立ち去ったということだった。ソレンソンがその男を見たのは午前一時十五分だった。

もう一人の目撃者、近くに住むA・D・アドキンソンはその夜、若い男が他の二人と争っているのを見たと語った。男は乱闘後に歩み去り、二人の男たちは車で走り去った。事件後、顔写真を持って聞き込みにやって来た警察に対して、ソレンソンもアドキンソンもその男がポールにまちがいなかったと語っている。

そして明け方の午前五時前、エドワード・ミラーは自宅裏の路地で発せられた大声に目を覚ました。彼は起きて裏庭を見たが、敷地内には誰もいなかったのでベッドに戻った。しかし物音はつづき、服を着て外に出てみると路地で意識を失って倒れている男を発見した。ミラーの家には電話がなく、警察を呼ぶための電話を見つけるのに苦労したという。しかしながらミラーが伝えた場所は不正確で、結果的にシカゴ警察がポールを発見したのは別の人物からの通報だった。警察がエバーハート・アベニューの交差点近くに倒れている意識不明の男と、近くに投げ捨てられた財布を発見したのは午前六時十八分のことだった。財布の中身は空で、男のズボンのポケットには一ドル札が三枚と小銭が一ドル、そしてヴォーグ・リカー・ハウスのマッチが入っていた。

救急車で担ぎ込まれた男を見て、ウッドローン病院のスタッフは最初、彼が酔いつぶれていると思ったという。男は意識を取り戻すことなく、午後一時二十分に病院で死亡した。警察は、殺された男がポール・マクリーンという名で、シカゴ大学に勤めていることを突き止め、大学に通知した。検視の結果、後頭部の深い傷は、重い物で殴られたためであることがわかった。

以上が警察と検視官の報告書、そしてシカゴ・トリビューン紙に掲載された記事のあらましである。ポールが発見された場所はシカゴにおける「犯罪コーナー」として知られていた六十三番街の近くで、その一角ではあらゆる悪徳が横行していた。事件はセンセーショナルに扱われ、ニューヨーク・ポスト紙は、娼婦たちがその夜その付近で活動していたと報じたが、警察の捜査では娼婦たちとポールとの関連は見つからなかった。

父はポールがその夜、モンタナで記者をしていたときと同じように、周囲の様子を知るために近所をぶらついたのだろうと推測した。検視官の審問にも父はこう答えている。

――彼は小さな町の新聞記者で、祝日や夜に街を歩き回ってネタを探すのを習慣にしていたんです。私は、ここはモンタナではないし、歩いて回ること自体が危険な地域もあると忠告したのですが、残念ながら彼は兄の言葉に忠実に従うようなタイプの男ではありませんでした。

ジェシーはポールがモンタナでやっていたように、わざわざ喧嘩のネタを探しに行ったのではないかと疑った。

――――新聞記者として、町の実態を知ることは重要だったんでしょうけど、シカゴにはモンタナとはまるっきり別のルールがあるのよ。ポールが、あと数年運に恵まれていたらと思わないではいられなかった。

そう母は語っていた。結婚して自分の家庭を築いて安定した仕事を持てば、支えてくれる友人も見つけられたはずだ。あるいはポールが安定した人生のために、欲望の多くを放棄しなければならなかったとしても、フライフィッシングだけは残すことができたはずだ。

捜査官のイグナティウス・シーハン巡査部長は、かねてからシカゴ大がこの地区の悪徳事件を分析したレポートを送ってくることから、ポールがフラフラと歩いていたのは何かの調査のための演技ではないかと疑ったが、父、そしてポールの上司であったジョージ・モーガンスターンはそのバカげた推理を一蹴《いっしゅう》した。もう一つの推理は、ギャンブルに負けたポールの借金が膨らんだために襲われたというもので、この仮説は設定場所をモンタナに移して、映画『リバー・ランズ・スルー・イット』のシナリオとなった。日曜日の夜遅くに、白人がわざわざアフリカ系アメリカ人が多く住んでいる犯罪地区にやって来て、借金の取り立てや返済を促す脅しをかけることは不自然に思えるが、あるいはそう思わせることこそが犯人の目論見だったのかもしれない。

数週間の調査後、当事件を監督した警察官のマーク・ボイル警部補が出した結論は、「強盗だと考えられる」だった。そしてそれは今日に至るまで警察が残した当事件の最後の記録である。

父は弟の遺体を夜行列車に乗せ、両親の待つモンタナへと向かった。その旅がどのようなものだったか、一度だけ私に語ろうとしたことがあったが、そのとき父はふいに言葉を失い、宙に目を泳がせたまま黙ってしまった。ミズーラでの葬儀の後、父はシーリー・レイクのキャビンで両親と三人で数週間を過ごし、そのときの様子をしばらく後に次のように記した。

――――それは5月初旬のことだった。樹齢千年を超えるタマラックの森がひっそりと厳粛な沈黙をたたえて、荘厳なカテドラルのようだった。柔らかな地表はこの土地で「氷河のユリ(Glaicer Lily)」と呼ばれているカタクリの花に覆われていた。カタクリはカゲロウと同じく、エフェメラルという名を持っている。見慣れているはずの、そんな儚《はかな》くも美しい花のカーペットを踏みつぶして歩くことが、そのときは薄汚い罪のように思え、私は花を避けて歩いた。ポールの死を境に、父は急速に年老いてしまった。好きだったダック・ハンティングをやめ、トラウト・フィッシングもままならなくなった。精神状態と歩調を合わせたように足の筋肉が萎縮して、歩くときに足を引きずるようになってしまったのだ。大きな川だけでなく、小さなクリークに立ち込むことも難しくなったときに唯一可能だったのが、湖に浮かべたフラットボートでの釣りだった。湖面を見つめる父を包む静けさが、どこからやって来ているかは明らかだった。それでも父は釣りをした。それしかできなかったのだ。

もしポールの物語がそこで終わっていたら、それは単にマクリーン家だけに語り継がれる暗い歴史でしかなかっただろう。しかし、父はそうはしなかった。悲劇を単なる悲劇的なファミリー・ドラマのまま放置しておくことを自分に対して許さなかったのだ。『ア・リバー』に描かれたポールの肖像は、フライフィッシングの才能に恵まれながらも、運命に翻弄《ほんろう》された魅力的な反逆者だった。父はあの小説で、ポールに永遠の生命を与えようとしたのだ。たとえ生前のポールが、ギャンブル依存症ですさんだ生活に陥りがちだったとしても、それは悲劇の主人公にふさわしい役割だった。ポールは死後に父が書いた物語の中でよみがえり、けがれのない天使となって人々の頭の中で生きつづけることになった。

牧師が死に、父が年老い、私が成長した何十年か後のある日のことだった。世界全体が優しいベールに包まれているような、あまりに美しい夕暮れだった。

私が湖岸に立って魚のライズを探していると、父がキャビンから湖に下りてきた。私が近くにいることを知っていたはずなのに、なぜか父は逆光の中の私を見るなりふいに、「ポール」と呼んだのだ。そして、「ポール！ ポール！」と大きな声で繰り返した。その瞬間の、思い出と期待にあふれた父の顔を忘れることはできない。父はあの一瞬、ほんとうに時空を飛び越えて、弟に再会したのだろう。

第七章　賞品のバンブーロッド

キャビンは社会から隔絶された一個の独立した宇宙空間だった。誰からも邪魔をされず、私たちは私たちだけのために一日を生きることができた。

モンタナは絶海の孤島ではないが、ロビンソン・クルーソーのように孤絶していたからこそ、かえって外の世界が魅惑的に思えたのも事実だ。私たちを世界につなぎ止めていたのは一台のラジオだった。キャビンの天井に盛大に張り巡らされた銅線のアンテナとラジオが、孤独を求めながら同時に人を求めている父の矛盾を証明していた。電気回路が詰め込まれたラジオの小さな箱は、その体に似合わず電力を激しく消費しながら、まれにソルトレイクシティから発せられたユタ交響楽団の演奏でキャビンの空間を満たしてくれた。受信環境は最悪だった。天空を覆っている電離層の機嫌のいい晴れた日にはクリアに聞こえる放送も、ひとたび雲が湧き上がると単なる精神集中用のホワイトノイズとなった。

ある夏、このきわめて限定された受信環境が父の一大事となった。父がラジオのスポーツ番組に投稿したフライフィッシングに関する質問が賞品を獲得したのだ。彼がそのニュースを知ったのは、ラジオ局からキャビン宛てに差し出された一通の手紙で、その中には「おめでとうございます。あなたの質問が当選しました。賞品については次回の番組内で案内するから絶対に聞き逃さないように！」とだけあった。

この当選が、父の文才によるものなのか、フライフィッシングに対する熱意によるものだったかは不明だったが、はっきりしているのは「絶対に」次の放送を聞き逃してはならないことだった。

日替わりの当てにならない受信環境を見限った父は、親族、知人、友人へ手当たり次第に手紙を書いて、可能な限り詳細に放送内容をメモして、それをキャビンに送るよう依頼した。放送当日、シーリー・レイク上空の電離層はＵＦＯでさえ通過不可能な硬いバリアに覆われ、父は一言たりともキャスターの言葉を聞き取ることはできなかった。

待ちに待った友人たちからの手紙が届いたのは数日後のことだったが、その内容は父を驚喜させた。放送では父の名前が読み上げられ、景品には「コロラド州デンバーのライト＆マックギル社製、高級ハンドメイド・フライロッド・グランジャー」とあったのだ（訳注：グッドウィン・グランジャーの死後、第二次世界大戦直後におこなわれた入札によって、グッドウィン・グランジャー社の資産と商標はライト＆マックギル社、「通称Ｗ＆Ｍ」が所有することになった）。送られてくるはずのグランジャー・ロッドは、父が自分で買うことがなかった高級品だった。何しろ当時の私たちの釣り道具といったら、履き古したワークブーツ、シャツ、ズボンに、傷だらけのフライロッドとリールというような具合で、フライロッドの選択には迷う必要もなかった。電信柱のように固くて重いグラスファイバーロッドか、柔らかくて折れやすいバンブーロッドのどちらかを、状況によって使い分けるしかなかったのだ。
父の受賞の喜びは、しかしながら悔しさと同居していた。「自分の手紙が読み上げられて、その質問が使われたというのに、当の本人が聞いていないなんて！」。我慢できなかった父はラジオ局のディレクター宛てに、番組で使われた原稿の入手が可能だろうか、という内容の手紙を書いて送った。ディレクターからの返信は素早く、かつ丁寧だった。

――7月19日の『フィッシング＆ハンティング・ラジオクラブ』で取り上げさせていただいた、貴殿の質問に関する番組内での発言は、おおよそ以下のような内容でした。「大きなトラウトがフライにライズはしたものの、食いつくまでには至らなかった場合、その後釣り人はどう対処すべきでしょうか。私が観察してきた限りでは、同じフライを同じ場所にキャストし直す釣り人が圧倒的に多かったのですが、ちがうサイズやカラーのフライに換えて、しばらく場所を休ませてから（時間を空けてから）、再度キャストすべきでしょうか？」。以上がモンタナに住むマクリーン氏からの質問です。

さらにその手紙には、番組に出演していた専門家たちの意見がまとめられていた。「場の状況と魚の気分によるところが大きい」としながらも、どちらの方法が望ましいかについては意見が分かれた。一人は、「大きな魚が自分のフライにライズした直後に、慌ててフライを換えようとしても、指が震えてうまく結べなかった経験はありませんか？」と発言して、まずは落ち着くことが重要だと発言したということだった。

父は賞品には大喜びしながらも、回答に関しては満足していなかった。彼はじっさいにはどちらの方法も自身で試していて、自分では結論を出すことができなかったためにこの質問を投稿したのだ。

父自身は、水生昆虫が羽化している最中に虫を積極的に捕食しているトラウトに対しては、フライをすぐにキャストし直すことが多く、逆に流下昆虫が少ない中で流したフライが寸前で嫌われた場合、それはフライが本物ではないことが見破られたと考えて、しばらく時間をおくような釣り方をしていた。おそらく父の質問はラジオ番組にとっては専門的過ぎたのだ。

賞品はすぐに届いた。パッケージの大きさたるや、父の期待の大きさが具現化したのではないかと思えるほどだった。キャビンに充満する異常な高揚感と共に開封されたパッケージの中には、百個以上のルアー、トローリング用のアクセサリーが詰まっていたが、そのほとんどは店舗に展示するための見本だった。それらは不要なおもちゃとして私と姉に支給された。このときの支給品は、今でもキャビンのあちこちに飾られている。

さらに箱の中には番組のスポンサーのケンタッキークラブから贈呈されたパイプとタバコ缶も入っているという豪華さだった（パイプは母の弟ケンへのプレゼントとなった）。

そしてパッケージの底に残っていた真打ちが登場した途端、父は少年になった。クリスマスツリーの下に置かれたプレゼントを手にした少年時代にタイムスリップしたように。深紅に塗られた金属チューブのスクリューキャップを回し、父は中からバンブーロッドを引き出した。

九フィート、三ピース（三本継ぎ）のグランジャーのチャンピオンモデル。そのロッドが父のお気に入りになるには、心臓の一打ちの間もなかったが、使われたのは心臓が止まるまでの長きにわたった。大切にするあまり、父はそのロッドを日中に持ち出す先発投手とはせず、夕方のこぞという頼みの出番に使うクローザーとして愛用していた。その素晴らしさを実感させたかったのか、稀《まれ》に私に「ちょっとこれを使ってみろ」と手渡したが、それは文字通り「ちょっと」だけだった。

父の死後、釣り道具の大半は私への遺産として引き継がれた。その際に以前から気になっていたグランジャー・ロッドの系譜を調べてみたが、チャンピオンモデルはトップグレードではないとしても、素晴らしいアクションのバンブーロッドとして評価されていることがわかった（訳注：W&M時代のチャンピオンモデルであるなら9055か9660に限定される。ノーマンのロッドは九フィートとあるので9050と特定でき、したがってロッド番手は五番だ。W&M時代、チャンピオンは1947年にほぼ一年間しか製造されておらず、その後ストリーム&レイクというモデル名に変わってしまうから、著者が所有しているのは流通量の少ない稀少モデルと言える）。

私はこの記念のロッドが、冬の間に空き巣が入っても盗まれないように、キャビンの地下にしまった。父がそうしたように、ブラックフット・リバーの静かな夕暮れどきに使う日を楽しみにして。

ある雪の多い冬が明けて夏にキャビンに舞い戻ったとき、地下には浸水した明確な痕跡が残っていた。地下にたまった泥水の水位はキャビネットの高さを超えていて、立てかけてあったロッドチューブのキャップを開けると底に水が入っていた。三本継ぎのロッドの下から三分の一が黒く変色し、触ると柔らかかった。

それはちょうど、『リバー・ランズ・スルー・イット』の映画が公開されたばかりのことで、映画にはオービス社がロッドなどのフライフィッシング用品を提供していた。私は以前フライロッドを折ってしまったときに近くのオービスショップに修理を依頼したことを思い出し、父の遺品が修理可能かどうかを問い合わせた。おそらく修復できると思う、という回答に期待してすぐにロッドを送った。

修理担当者から修理完了の電話があったとき、私は代金に関する当然の質問をした。しかし、返ってきたのは「オービスはすでに十分な対価を受け取っている」という回答だった。賞品としてタダで手に入れたロッドの修理のために、死んでもなお息子に力を借りないところがいかにも父らしかった。ただその担当者は、もうその竿はそっとしておいて、使わない方が賢明だというアドバイスをくれた。

戻ってきたグランジャーには、確かにわずかに変色したままの部分があったが、その他はまるで半世紀前に父が受け取ったときのように美しく輝いていた。私は目の前に父がいて、少年のような無垢な笑顔でロッドを見つめ、代々マクリーン家で使われてきた最上級を意味する「ビューティフル！」と言ってため息をもらしているような気がした。やはりこのロッドは父の宝物として使わずにおくべきものなのだろう。

キャビンの生活は不便といえば不便だったが、少なくとも水道と電気は確保されていた。もしキャビンで冬を越そうとするなら、暖炉一つだけというのは確かに厳しいかもしれないし、万が一のときに電話がないという環境は命取りにもなりかねない。けれども牧師の死後、寒い時期にキャビンが使われることはなくなった。ただし夏限定とはいっても、モンタナの夏には雪が降る。だからメインルームの暖炉前は常に家族の語らいの場となり、かつ、しばしばシーリー・レイク湖畔にキャビンを持つ友人たちとの交流の場となった。多くの友人はミズーラなど近隣の町に暮らしていたため、日曜日の夜にはシーリー・レイクを去らなければならず、何となく私たちのキャビンが週末最後のディナーの場となっていたようだ。キャビンのメインルームが暖炉の火と大勢の人の熱気で息苦しくなることも少なくなかった。

ディナーの後、暖炉はキャンプファイヤーとしての機能を果たし、そこではしばしば西部劇で見るような一人語りが開陳された。質問は許されないが、相づちの必要もなく、語り手以外の全員が口を閉ざす、いわば劇場型の一人語りだ。父は一人、また一人と話の糸口を作っては、物語が話者の口から紡ぎ出されるような自然な誘導術を身につけていた。狩りの話、釣りの話、親族を訪ねた話、人伝えで耳にした変わった話、何でもない日常的な話、そういったすべての話の背景には常にモンタナの原風景があった。たとえば、「もしもロープから手を放したら、春になるまで死体は見つからなかっただろう」と語り出された話が登山の話ではなく、家の外にあったトイレと母屋の間に張られた「遭難防止用ロープ」のことだったり、鉱山労働者はウールの股引《ももひき》を冬の間中履きつづけているために、生地の編み目越しにすね毛が伸びていくこと。足と一体化したその股引を春になって脱ぐときには、そのまま浴槽に漬かって柔らかくしなければならないことなど。

その頃、父は英文学の教師であると同時に、自身が創作者となるという野心を抱き始めていて、作品はモンタナを舞台にしたモンタナの物語でなければならないと考えていた。賞品のバンブーロッドを手に入れた翌年の1949年の夏、父は私たちをシカゴに残して一人でモンタナに向かい、キャビンに数週間滞在した。理由をはっきりと覚えていないのだが、母が少しばかり気落ちしていたことを記憶している。

その年の8月5日、母の故郷ウルフ・クリークから数マイル南東にあるミズーリ・リバー沿いの狭い谷間で山火事が発生した。ボランティアの消防士であった母の弟ケンは、地元の男たちと共に消火活動に協力した。この山火事が「マン渓谷森林火災」として歴史に名を残すことになったのは、ミズーラから派遣されたスモークジャンパー隊がほぼ全滅したからだ（訳注：スモークジャンパーとは、山火事の最前線にパラシュートで降下して延焼を食い止める消防士の呼称。マン渓谷森林火災の際に派遣された隊員は総勢十五名で、生還者はわずか三名。現在に至るまでスモークジャンパーの殉職数における史上最悪の記録である）。キャビンで火災を知った父はウルフ・クリークに向かい、ケンと共に火災現場であるゲイツ・オブ・ザ・マウンテンズ・ワイルドエリア（現在はゲイツ・オブ・ザ・マウンテンズ・ウィルダネス）へ向かった。

悲劇の灰の中から揺らめき上がっていたのは、紛れもないモンタナの物語だった。父がこの物語に着手したのはそれから数十年後のことで、その後長い年月をかけて書きつづけたのが『マクリーンの渓谷（The Young Men and Fire）　集英社刊　水上峰雄訳』だが、結果的に上梓に至らず、父の死後シカゴ大学の友人関係者の手によって補完された形で出版された。

キャビンに滞在している間中、私たちは毎日のように釣りをしたが、午前中はたいがいキャビンのメンテナンスに充てられた。モンタナの厳しく長い冬を人の手を借りず、ただそこに立って寒さに耐えつづけたキャビンが待っていたのは、私たちが差し伸べる温かい手だったのだ。屋根にたまったカラマツの葉を掃除したり、ポーチの踏み石をきれいにしたり、朽ちかけた窓枠を修繕したり、外壁を塗り直したりと、やるべきことに際限はなく、そこに毎日の生活に必要な洗濯やら日常的な掃除が加わり、私たちはしばしばキャビンに仕える下僕となった。

１９５０年代のマクリーン家にとって最大のエポックは、「生きる伝説」がとなりのキャビンにやって来たことだろう。１９１０年のビッグ・バーンとの戦いの指揮を執り、その二十年後に人為的に山火事を起こすことこそが山火事をコントロールする最大の手法であると提唱したエラース・コッホは、山と共に暮らすモンタナ人にとっては英雄中の英雄だった。コッホが森林管理の前線から退いたのは１９４４年のことで、１９５０年代になってから夏の巡礼行として、家族で保有するシーリー・レイクのキャビンを毎年訪れることにしたのだった。

マクリーン牧師のミッション、父の成長過程のさまざまな局面で、マクリーン一家は森林局と密接に関わってきたが、１９２０年代にコッホ家がマクリーン家のとなりにキャビンを建てたことで、家族ぐるみの交流が始まった。しかしながら長い間、直接コッホ自身とは面会する機会には恵まれないままだったのだ。

コッホの自伝『森に生きた四十年（Forty Years a Forester)』の序文には彼の息子のピーターが序文を書いたが、その中に以下のような文章がある。

——父はミズーラからキャビンまでの百キロ弱を、馬にまたがり二日かけてやって来て、秋のレイバー・デイの翌日に、また馬にまたがって二日かけて戻っていった。隣人のマクリーン牧師は十歳の私にフライフィッシングを教えてくれて、１９３０年代には一緒に近くのクリークや川でトラウト・フィッシングを楽しんだ。五十八歳の年の差をまるで気にしない、尊敬すべき人物だった。

生粋のモンタナ人であるコッホは、エール大学森林学大学院を卒業し、同大学院の創設者で森林局の初代局長となったギフォード・ピンチョーの門下生としてレンジャーとなった。やがてコッホはミズーラにある森林局第一地域の主任に昇進した。コッホは小柄だが身体能力は抜群で、優れた馬術家であり、また並外れたハイカーでもあった。だからといって体育会系肉体派かというとそうではなく、しっかりした自分の思想と哲学を持つ優れた文筆家でもあった。１９１０年のビッグ・バーンから四半世紀後に発表した論文、「山火事をコントロールするための計画的な放火」は、当時こそ猛烈な批判を浴びたが、現在ではもっとも有効な手段とされている。論文の中でコッホは、それまでの何百万ドルものコストと若者の生命を奪った消火活動を、火に油を注ぐようなものだったとして反省し、発想の転換を促している。

キャビンの敷地は、通称タマラックと呼ばれるアメリカカラマツの林の真っただ中にある。カラマツに関する研究家でもあったコッホが、キャビンの近くに倒れている巨木の年輪を調べたところ、樹齢は九百十五年だったという。コッホは１９４５年の『アメリカン・フォレスト』誌に、「モンタナ州ロロ国有林のシーリー・レイクの西側にはアメリカ北西部、いや世界でも有数のカラマツ林があり、幸運なことに山火事の影響を受けず、人間から伐採されることもなく残っている。この数百エーカーの土地は、よく知られているシエラネバダ山脈のレッドウッドやシュガーパインと同じように美しく価値のあるものだ」と書いている。

伐採を免れたのは国有林に制定されたからだが、誰がどのようにしてカラマツ林を山火事から守ったのかは長い間謎のままだった。父はコッホの残した、「このカラマツ林の長寿の由来は、おそらく東に湖、西に湿った草地、そしてクリアウォーター・リバーという自然の障壁が、周囲の山火事からこの地を守っていたからではないか」という推測から、つまりはこの地域が川と湖と湿地が形成した一種の地質学的な島だと解釈していた。確かに理屈の通った腑《ふ》に落ちる説だったが、真実はちがっていた。カラマツ林は周囲の水に守られて山火事の影響を受けなかったわけではなく、逆にこの森林で繰り返された、定期的かつ小規模な森林火災があったからこそ生き延びたのである。

近年の研究によると、北アメリカの北部平原で暮らしていたネイティブ・アメリカンの部族は、草の再生成を促進するために、定期的に小規模な野焼きをおこなっていたことがわかっている。シーリー・レイク周辺の部族も夏になるとシーリー・レイクでキャンプをしていたが、十九世紀の終わり頃までは百年に四回ほどシーリー・レイクのカラマツ林を燃やしていた。森林局の退官ステファン・アーノは、２０１０年に発行された『フォレスト・ヒストリー・トゥデー』の中で、「シーリー・レイクの一度も伐採されたことのない森林帯の一部を集中的に調査したが、アメリカ先住民が四半世紀おきにおこなった野焼きで低い木や苗木を計画的に燃やし、その結果厚い樹皮に覆われた大きな木だけが生き残り、成長するにつれて下枝を落として巨大化したのだ」と結論づけている。

コッホと父にはアイビーリーグで学び、森林局で働いたという共通点があった。彼らはどちらも生涯を通じて、インドアとアウトドアという二つの世界を結びつけるための仕事をした。作家として、同時に森の人間として、生きる伝説となったコッホのキャビンを訪れることは、同じ道を歩んでいた父にとっては特別なイベントだった。コッホのキャビンを訪問する日が近づくにつれ、父は家族にそれが信じられないくらい重要なイベントであることを言って聞かせ、自身ではコッホと関連している人物、政策、森、木、林業について、相当な時間をかけて予習した。

その日、父は約束の時間になると私たちを引き連れてカラマツの茂みの下、ハックルベリーの茂みやキニキニックの群生地を通ってコッホのキャビンへ向かった。

若い頃はシーリー・レイクとミズーラ間を馬で往復していたコッホが、今はキャビンのポーチに出てくるのにも付添人の助けを必要としていた。大人たちはポーチに置かれたいすに腰かけ、私たち若者はポーチのウッドフロアに直接あぐらをかいて座った。夕暮れの薄明かりの中で、小柄な老人は確かに生きる伝説的な雰囲気を醸し出していたが、それは残念ながらオーラを伴うようなものではなく、どちらかといえば生きているのかどうかが判然としないという意味合いにおいてのものだった。

じっさい、半透明に近い白い顔に深く入り込んだ、驚くほど大きな一対の目が動くと、どこかしら人間離れしていて不気味ですらあったのだ。コッホがくぐもった声で何かを言うと、脇で待機していた女性たちが慌てて壁からほこりまみれのローブを下ろして彼の体に巻きつけた。バッファローの毛皮を羽織ったコッホはシーリー・レイクの部族長そのものに見えた。そして毛皮によってさらに強調された大きな目で、灯台のように頭部を回転させて私たちを見回した。

場が落ち着くと、父はノートを取り出して質問を始めた。質問の内容は覚えていない。父が質問するたびに、コッホは長い沈黙と少ない言葉で答えた。声が大きく、口調がとがってきたことで、父がいらだってきているのがわかった。やがてコッホの大きな瞳が明け方の灯台のように光を失い、頭が重力で下を向くと、くぐもった言葉が発せられ、あまりに短い会見は終わりを告げた。父の顔には失望感を通り越した虚無感があった。そんなただ一度だけの、しかも異常なほどに短い対面だったが、コッホの存在はシーリー・レイクを仕切っている神秘的な部族の長老として、私の頭の中にくっきりと刻み込まれた。そして、私たちの訪問からしばらく後にミズーラの自宅で、ピストルを手にしたまま息絶えているコッホが発見された。コッホは自分が提唱した、あえて山に火をつけて山火事をコントロールする手法が評価されるときを待たずして、自らが森の一部となったのだ。

私が高校生の頃、父と私は三十一日間連続で釣りをしたことがあった。当時はキャッチ&リリースという手法は存在せず、キャビンの冷凍庫は常に満杯だった。私たちの冷凍保存方法は至ってシンプルで、使い終わった牛乳の紙パックに、釣った魚を頭から突っ込んで冷凍庫に入れるだけだった。冷凍庫を開けると、紙パックの口から飛び出た魚のしっぽがずらりと並んで圧巻だった。当時、私たちがしていたコンサベーションは地球規模の環境保護活動ではなく、釣りをしない近隣の人たちに向けたプロテイン補充活動、つまりキャッチ&ギブだったわけだ。

朝は台所の掃除やまき割りなどの雑用をしたが、倒木を切るのがやっかいだった。倒木を斧で割ることのできるサイズにするには、通称「不幸のむち」と呼ばれる二人用の大型のこぎりを使ったが、これは二人の完璧な呼吸が要求される究極の共同作業だった。倒木をまたいで両側に立った二人が、のこぎりの両端についた取っ手をつかみ、歯を樹皮に当て、せーの！　の声と共に押しては引き、押しては引きを繰り返す。相手の力の入れ具合とタイミングを取るのは想像以上に難しく、私たちは練習にかなりの時間を要した。私たちが一定のリズムを保つことができるようになると、ノコギリは素直におがくずを吐き出しながら、薄い鉄板で心地の良い音楽を奏でてくれた。

そういった日常的な仕事を終えると、私と父は互いに干渉し合わずにプライベートなひとときを過ごした。父は秋からの新学期に備え、ぴったり二時間と時間を決めてワーズワースやシェークスピアを読んでいた。私はといえば、しばしば湖畔をぶらぶらしたり、ブラックバス釣りを楽しんだが、やはり読書に時間を費やすことが多かった。私は父と同じイギリス文学ではあっても、だいぶ趣向の異なるシャーロック・ホームズの物語に夢中になった。

そんな午前中を過ごしてランチを食べ終わると、私たちはお互いに何も確認せず、あまりに自然に釣りの準備を始め、時間を決めたわけでもないのに同じタイミングで車に乗り込んだ。父とはスワン・リバーへ向かうことが多かった。当時、ハイウェイ８３号線はスワン・リバー流域のカリスペルまではダートロードだったが、北に向かって分水嶺を越えるまでは舗装路だったので、それほど時間はかからなかった。スワン・リバーで他の釣り人を見かけることがあればそれは驚きで、川は常に私たちの貸し切り状態だった。澄んだ水が流れる美しい川だが、水温が上がる7月後半になると、トラウトたちは北に位置しているスワン湖の冷暗な水を求めて川を下ってしまう。そして秋に向かって空気が冷えてくると、スワン湖のブラウントラウトたちが産卵のためにスワン・リバーを遡ってくる。ただ、どんな状況であっても、私たちはこの川の魚影が濃いポイントをたくさん知っていたので、釣れない日はあったとしても例外的だった。

夏といってもモンタナのことで、釣りを終える夕方には濡れた下半身は冷え切ってしまった（訳注：アメリカの釣り人の間にウェーダーが広まったのは1960年代のことで、それまではコットンパンツのまま川に入って釣りをする、今で言うところのウェット・ウェーディングが一般的なスタイルだった）。

川から上がって車に戻ると、私たちはいつもサーモスに入れたホットティーとメイソンジャー（訳注：二重構造のキャップのあるガラス容器）に入れたバーボンを取り出した。冷えた体を温めるために私たちが飲んだのは、バーボン入りのホットティーだったのだ。この組み合わせはニュージーランドで人気のあったウイスキー＆ティーのバーボン・バリエーションだが、砂糖を加えることで寒さだけでなく疲れも吹き飛んだ。このドリンクは家であらかじめミックスしたものをポットに入れて持ってきても、まるで効果を発揮しない。アルコールが抜けてしまうのだ。マグカップに入れた紅茶にバーボンを直接注ぐことで、アルコールの揮発を最小限にすることがコツだ。この通称「ウェーディングドリンク」は私たちのお気に入りとなり、父が友人たちに盛んに勧めたため、後に単に「マクリーン」という名で呼ばれることになった。

乾いたパンツとシャツに着替えた私たちは土手に腰を下ろして、マグカップで熱い「マクリーン」を飲みながら、夕暮れの最後の光を映す川面を眺めた。メイソンジャーの水位が下がるにつれて体に温かな血流が発生し、私たちの顔には血色が戻っていった。そんなとき父は決まって、教室の講壇から生徒に語りかけるように、リズミカルにいつもの定型句を発するのだった。「昔、私の父はこう言った。運転する距離すべてに危険が伴うわけではない。酒を飲んだ直後のほんの数マイルに注意しろ」と。そして、それがまるで素敵なプレゼントのように、私にキーホルダーを手渡すのだった。

ハイウェイ83号線は、クリアウォーター・リバーに平行する深い森の中を曲がりくねりながら伸びていく。私たちの帰宅目標時刻は常に夜の十時だったが、それは夕食を買うことのできる店の閉店時刻に間に合わせるためだった。帰路のハイウェイは路肩すれすれまで木々が迫っていて、夕暮れになるとおびただしい数の鹿が現れる。鹿は車の接近に驚いて飛び出したり、車道でじっと止まったり、ヘッドライトを見つめて立ちすくむ。私たちの帰宅ゲームのルールはかなり厳格で、「鹿を殺して車を大破させないようにゆっくり走る」ことではなく、「鹿と接触せず、可能な限りスピードを出して夕飯にありつく」という難度の高いものだったが、失敗したことは一度もなかった。ただし閉店時刻に間に合わなかったことはある。そんなときには、キャビンに戻ってサンドウィッチを食べてさっさと寝た。

スワン・リバーは確かに素晴らしい釣り場だったが、しかしブラックフット・リバーと比較するわけにはいかない。魚の数とサイズ、川の規模と周囲の自然環境といった、釣り場を形成するあらゆる点においてブラックフット・リバーとは格がちがった。当時のブラックフット・リバーは人気釣り場でありながらも、平日の夕刻であれば他の釣り人に会うことなく釣りができた。父と私はマクリーン家の伝統的習慣にのっとって、一緒に車で出かけながらも現場では常に二手に分かれて釣りをしたが、それぞれが持ち帰った情報や体験談で一緒に釣った気分になった。別々の場所で釣りをしながらも精神的に緩やかにつながっているという状況が、私たちには理想的な形だったのだ。

ある晩、私たちはナインマイル・プレーリー沿いにある大きく曲がったカーブ付近で釣りをしていた。大昔にルイス分隊がクリアウォーターに抜ける丘の手前で休憩したオアシスの南側だ。その日、私たちは日が落ちてからも釣りをつづけ、水面に反射する空の光が消える頃になって川を上がった。父がどこにいるのかがわからず、自分の姿を目立たせようとした私が高い土手の上を歩いていると、目の前で土手の草がざわめいて、父がひょっこり顔を出した。どこかしら興奮している様子だったので、良い型の魚が釣れたのだと思い、

「デカかった？」

と聞くと、

「デカかったけど、魚じゃない」

「えっ？」

「クマだ、クマと鉢合わせしたんだ」

父が岸際のヤナギをかき分けているときに、反対方向からヤナギをかき分けてきたクマにばったり出会ったという。お互いに不意を突かれ、慌てて父は右へ向かい、クマは反対に左へ向かった。

「クマはまだどこかにいるはずだ。ヤナギの茂みから出てくるところは見ていない。たぶんブラックベアだと思う。この辺りじゃ、グリズリーはもっと標高の高い所にいるはずだから」

私たちは土手を歩いて車に戻るか、クマをもう一度見るか迷ったが、結局好奇心が勝った。私たちはクマを探しに高い土手を車とは逆方向へ歩き、父がクマと遭遇したヤナギの茂みをのぞき込んだが見つからなかった。私たちは空と山の境界線があいまいになり、空に星座がはっきりと見える暗さになるまでクマを探しつづけたが、見つけることはできなかった。

その他にも父と日が暮れるまで釣りをしたことは数知れないが、もっとも印象に残っているのはブラックフット渓谷の日没時に、父の姿を遠目に見たときのことだ。ブラックフット渓谷に落ちる真紅の夕陽は、すでにそれ自体が絵画的に完成され過ぎているために、二流の画家たちがキャンバスに描こうとしては失敗してきた。チャーリー・ラッセルが描いた作品でさえ、どこかもの足りなさを感じてしまうほど、本物が圧倒的なのだ。

その日の夕暮れ、上流側から川沿いに戻ってきた私の前方に、西空に向かって両腕を高く捧げ持つ父の姿があった。その頃すでに父は、マクリーン牧師から押しつけられたビクトリア朝的な、型にはまったキリスト教の精神世界からは自由になっていたが、「天国」、「楽園」、「天上」という概念には強く引きつけられつづけていた。黒々とした大きな山塊を背後に切り立った断崖が迫り、その間を激しい勢いで川が流れ下っている。その狭い空間の中にぽっかり浮かんでいる真っ赤な太陽が、神の目ではないと誰が断言することができるだろうか。赤く染まった川の脇に立ち、長い間両手を捧げ持って夕日を見つめつづけている父の顔には、神に祝福された喜悦の表情が浮かび、それはどこかしら現実離れした宗教画のようだった。

第八章　「イット」とは何か?

シカゴ大の定年は六十五歳だが、父は大学から請われて契約を延長しつづけた。最終的に決着をつけたのは父自身で、１９７２年に七十歳を迎えるという節目で教職を退いた。七十歳という年齢は自分でそうなってみてわかったが、とても微妙な年齢だ。自分のキャリアをそこで終わらせるのか、まだつづけるのかという決断を迫られるのだ。家族は、「よくこの高齢までがんばったね」と言ってくれるが、自分自身では、「冗談じゃない、まだまだやるべきことが残っている」と感じている。家族の言葉を終了宣告と受け取って、素直に隠遁《いんとん》を決め込むには早過ぎる年齢なのだ。私とジェニーには、引退を迷っている七十歳目前の男やもめに、それから先どんなキャリアが残されているかがわからなかったから、無難に「これから先は死ぬまでやりたいことをやればいいじゃない」というようなことを言った。父は子どもたちからの、そんなありがちな言葉を真に受けたというよりも、じつのところ自身で決意していたのだと思う。というのも、長年の友人であり、国立公園局の歴史主任だったロバート・アトリーに次のような手紙を書いているのだ。

――今年の12月、私は聖書に記されている七十年の配分期間を使い果たすことになる(ゾッとするよ）。大学を辞めるにはいいタイミングだと思っているんだが、どう思う？　来月辞職すれば、9月からの新学期からは永年フリータイムだ。うまく教えられないくらいなら、教えない方がマシだし、そうなる前に潔く身を引くってことだ。で、少し文章を書いてみようと思う。じつは一昨年の夏から、モンタナがまだ西部らしさを残していた時代の物語を書き始めているんだ。去年の夏に書いたのは、米国森林局がまだ十四歳、私が十七歳だったときの話で、四回も書き直したんだが満足がいかない。大学を辞めれば時間の余裕ができるから、今年の冬辺りに完成させることができるんじゃないかと思うんだ。

この手紙で言及されている物語は『マクリーンの森（集英社刊、渡辺利雄訳）』である。そして引退したその年の秋にアトリー宛に書かれた別の手紙があって、そこにはこうある。

——今書いているのは、三十二歳で殺されたモンタナの名フライフィッシャーについての物語だ。じつは弟のポールを偲《しの》んで書いているんだが、個人的な色彩が強くなり過ぎないように注意している。キャスティング、フライ、魚のいる場所、釣り上げ方など、ポールが持っていたフライフィッシングに関する知識や経験、そして何よりもフライフィッシングの喜びを次の世代に伝えることができれば成功だと思っている。いずれにせよこの物語を完成させた時点で、それから後も書きつづけるのか、やめるのかを自問しようと思っている。今、手元にある三つの物語を書き上げるとある程度まとまった文章量になる。正直なところ、私に残された時間を考えるとそれで十分なような気もする。貴重な残り時間を、釣りに関するありきたりの文章を書くために費やすよりは、フライフィッシングそのものに時間を使った方が賢明かもしれない。少なくとも私はフライフィッシャーとしては平凡じゃないからね。

その手紙が書かれてから間もないある秋の日に、私たちはミシガン湖東岸にある友人のキャビンで家族そろって週末を過ごした。キャビンといっても中西部のスタンダードはログハウスではなく、白く塗られたサマーハウスで、湖を見渡せる断崖の高台に立っていた。その日、ミシガン湖は大荒れで、烈風が恐ろしいうなり声を上げてキャビンに雨をたたきつけていた。暖炉がたかれたキャビンの中は快適だったが、嵐のせいでビーチの散歩やハイキングができないのが残念だった。

風雨が吹き荒れながらも、心地良く落ち着いた雰囲気の暖炉の前で、父は私と妻のフランシスにタイプで打たれた小説の草稿を差し出した。父は少し恥ずかしそうだった。フランシスと私は、父が大学を退職した後に書いたいくつかの物語をすでに読み、感想を伝えていた。その頃フランシスと私は二人ともジャーナリストとして働いていて、父もある程度は私たちの能力を認めてくれていたのだろう、私たちの感想を参考に作品に手を加えていた。ちなみに私たちが結婚したのはその数年前の１９６８年で、自分たちのことをシカゴ新聞界の「ロミオとジュリエット」と呼んで悦に入っていた。フランシスはシカゴ・サンタイムズのライターで、私は競合誌シカゴ・トリビューンのライターだったのだ（訳注：この二つの新聞社はシカゴにおける二大紙。日本にもファンの多いボブ・グリーンはシカゴ・トリビューンのコラムニストだったが、大卒のグリーンを最初に採用したのはシカゴ・サンタイムズで、１９７７年に全米最優秀コラムニストに選ばれた後、ライバル紙に移籍した）。

その嵐の朝、父から手渡された草稿のタイトルには『ア・リバー・ランズ・スルー・イット（A River Runs Through It）』とあった。内容はともかく、何といっても最初の疑問は、「代名詞の『it』がタイトルに使われているのはなぜなのか？」だった。

嵐で一歩も外に出られなかったこともあって、妻と私は渡された草稿をベッドルームに持ち込んで、その日のうちに一気に読み通した。読み終わって目を見合わせた私たちは、互いの瞳の中に「感動」が揺らめき上がっていることを認めた。すぐにフランシスが言った。「これは、すでにして古典よ」。そのとおりだと思った。私たちが文学の授業で学んだ古典の持つ力を、父は生徒に教えるだけでなく、自分のペンで証明してみせたのだ。

私たちは草稿を持って、静かにキャビンのメインルームに戻った。暖炉のそばの安楽椅子から私たちを横目で見た父は、私が目にしたことのない自信のない表情をしていた。物語に登場するモンタナのタフなストリートファイターと真逆の世界に生きてきた書斎人がいるとすれば、そのときの父がそうだった。フランシスは感想を率直に伝えた。私は、「シェークスピア以来の傑作だよ」とややオーバーに言ってから、「ヘミングウェイの『二つの心臓の大きな川』以来の本格的な釣り小説だと思う」と言った。そして最後に、「編集者に一言一句たりとも変えさせちゃだめだからね」とつけ加えた。

フランシスも私も、物語の最後に置かれた魔法のようなセンテンスの効果を具体的な言葉にすることはできなかったが、私たちがこの物語から受け取った感動が本物であることを見て取ったことが、父の目つきでわかった。父は安楽椅子に体重をかけて座り直し、ようやく安堵した表情を見せた。父はヘミングウェイと比較した私の言葉がことさら気に入ったようだった。そこで私は質問した。

「ところで、タイトルの『イット』って、何なの?」

物語の内容から考えて、メタファーやほのめかしが隠されているのだろうと推測していたところが、父はあまりにあっさりと、

「農家の人たちが自分の畑の近くを流れる川のことを、あんな感じで言うじゃないか」

と答えた。私はその瞬間に、父がかつて西部が開拓地だった時代に生きた、正真正銘のモンタナ人であったことを思い出したのだった。出版後、この本の人気が高まるにつれてこの「イットとは何か?」という問題で文学界とフライフィッシング界は盛り上がったが、畑だと喝破した人物は絶無だった。もちろん畑というのは正解にしては言葉が足りなさ過ぎるとしても、作者が立っていたのはアカデミックな地点とはかけ離れた、古き良き土臭いモンタナだったのだ。

それまで父は同僚や友人、家族に宛てた多くの手紙や、特別な日のために書いた短い文章を除いて、自分自身が書いたものに満足したことがなかった。シカゴ大で教え始めたキャリアの初期に、同大学の英語学部長であったロナルド・クレーンが編集した書籍『批評家と批評：古代と現代』に二つのエッセイを書き、抒情詩に関する論争をこれ以上つづけても不毛だと結論づけたが、それ以降、公の出版物にまとまった文章を載せたことはなかった。

毎年、夏になってモンタナに戻る日が近づいてくると、釣り人らしくお気に入りの川の、お気に入りのポイントをどう攻略するかを夢想していたはずだ。ときどき「偉い学者さんたちが大英博物館に行って、屋上からフンを落としているハトを見ながら社交に精を出しているその間に、オレはモンタナで思う存分釣りをするってことだ」などと言っていた。学内では政治的なことなどいろいろと鬱屈《うっくつ》したことも多かったと思うが、七十歳を越してようやく自分の時間が自分だけのものとなったのだ。

『ア・リバー・ランズ・スルー・イット』は独自の世界を内包した、それだけで完結した一個の作品である。この本の献辞には「長い間、私の物語を聞いてきてくれたジーンとジョンに捧げる」とあるが、じっさいこの物語は、私たちが子どもの頃に耳にした魅力的な物語の断片を織り上げて美しい一枚の布にした感があった。構成上の都合で別の年や別の場所で起こったいくつかの実話を合体させて一つのエピソードに作り直したり、人物のキャラクターをより際立たせるための改変をおこなっている。ポールがギャンブルにハマったオックスフォード・サルーンをミズーラではなくビタールート渓谷のハミルトンにしたり、義兄のニールを滑稽なダメ男として描いてみたり、実生活ではやさぐれていた問題児ポールに、孤独で崇高な影を与えるといった創作が物語に深みを与えている。こういったフィクションがなければ、この物語はただの古き良き時代のモンタナを描いた話で終わってしまい、時代を超えた普遍的な文学とはならなかったはずだ。

ただしこの物語には長編小説と呼ぶには短過ぎ、短編小説というには長過ぎるという出版業界的な問題があった。『ア・リバー』だけで一冊の本にするには分量が足りないことは明白だったので、父はそれまでにほぼ書き上げていた二篇（『マクリーンの森』所収）を完成させて、東海岸の大手出版社へ出版の可否を打診した。

しかしながら、アメリカにおける文学書出版の大御所アルフレッド・A・クノップフ社の編集者からは「優れた能力がありながら、書くべきことをまちがえてしまったように思える。良い本だが売れる本ではない」と断りを入れられ、もう一社からは、「我々の得意とするジャンルの本ではない」と断られた。この二社の判断は結果的にアメリカ出版ビジネス史に新たな大誤審の一ページを加えることになったが、必ずしも彼らの判断が的を射ていなかったとは言い切れない。じっさい三篇の核心となる『ア・リバー』の内容はフィクションというには自伝に近過ぎるし、自伝というにはフィクションが混ざり過ぎていたし、釣り小説と呼ぶには人間関係を描き過ぎている。つまるところ、出版社が一冊の本として発行するにはあらゆる点で中途半端な体裁ではあったのだ。

その中途半端だったはずの本が生み出した結果は、世界中の読者が知っているとおりだ。『ア・リバー』は、シカゴ大学出版部が扱った初の小説作品として出版され、ミリオンセラーを記録する書籍となった。この本が二社からダメ出しをされたのは、東海岸の出版社が「木が入っている本」だと思ったからだという都市伝説は、父の信奉者の一人がボツにされたことを根に持った恨み節であって真実ではない（訳注：1981年、作家のピート・デクスターは『ア・リバー』がピューリッツァー賞を逃したのは選考委員の中に「木が登場する」ことに気づいたヤツがいたからにちがいない、とエスクァイア誌の6月号に書いた。この記事が都市伝説の発端なのかどうかは不明だが、この「木が入っている」という表現は、ニューヨーカーなどニューイングランド人から見た、西部および西部人に対する差別を言っている。ちなみにデクスターもノーマン同様に中西部の生まれだ。日本人がアメリカの地図を眺めると、大陸のかなり東側にあるシカゴやデトロイトは「中東部」に見えるが、アメリカでは中西部（Mid West）と呼ばれている。アパラチアン山脈の西側から先はすべて西部だという、フロンティア時代からの歴史的な名残りだ）。

ほんとうに木があったのが問題だったのかどうかは藪《やぶ》の中だとしても、結果的に漁夫の利を得たのはシカゴ大学出版部の若き編集者アレン・N・フィッチンだった。父の好きな言葉を借りれば、クノップフ社からの手紙は「神が落とした一本の羽のように」フィッチンの手のひらに舞い降りた。じつはクノップフ社に原稿を送ったのは、父のエージェントを装った当のフィッチンだった。フィッチンは原稿が採用されることを願いながらも、一方でクノップフ社ではなく自分の出版部で出版したいという気持ちが強かった。だから本来喜んではいけない不採用の通知を父には内緒で喜んでいたはずだ。しかしながら、父の本をフィッチンが出版するためには大きなハードルがもう一つあった。それはシカゴ大学出版部に伝統的にあった「未発表小説の出版を禁ず」という厳しい規則だった。この規則を「今回に限り」例外的に曲げるためにフィッチンが利用した奇策がシカゴ対ニューヨーク、もっと言えば中西部人がニューイングランド人に対して潜在的に持っているコンプレックスだった。「東の連中ときたら、小説の読み方もわかってないんだから」とフィッチンは出版部の委員会メンバーたちをあおったのだ。例外的に未発表小説の出版を認めるかどうかの最終判断が、父を敬愛してきたシカゴ大英語学科の三重鎮、グイン・コルブ、ウェイン・ブース、ネッド・ローゼンハイムに委ねられるだろうことを百も承知で。

そしてコルブは、まるで出版部に決定を促すような批評を出版部の会報に寄せた。出版された書籍に対する批評ではなく、出版が決まっていない出版部内部の生原稿に対する批評を公の場ですることの異例さから考えて、コルブの「さっさと出版しろ！」という意図は明らかだった。そしてこの出版前のコルブの批評は、出版後に発表された多くの批評よりも正確で鋭い。

——ノーマン・マクリーンがこの小説集で達成しようとした目標は四つあると思われる。第一に何よりもまず優れた文学作品であること。長い間、英文学を教えてきた名教授だからといって、その人物が名作を書けるかどうかはまったく別の話だ。マクリーンは隙のない物語構成と細やかな描写で、人間の喜びや悲しみを余すところなく表現することに成功している。第二に自伝的な作品であること。この作品がマクリーン本人だけではなく、家族の歴史を含めた物語であることは明らかだ。この点に関してはタフでありながら寛容で、洗練されていながら率直でオープンな本人の資質が生きている。自伝にありがちな自己撞着《どうちゃく》やナルシシズムに陥ることなく、自分を客観的に捉えることに成功しているのだ。第三にフライフィッシングと森林伐採に関する情報の拡散。世間一般にはあまり知られていないアウトドアスポーツと山の仕事について、まったく知識のない読者が興味を持つような巧みな描き方をしている。そして最後の四つ目は、失われつつあるアメリカ西部の生活様式と雰囲気の記録である。筆者自身が実生活で経験してきた古き良き開拓時代の名残りが細部まで克明に再現されている。これら四つのどれか一つだけしか実現できていなかったとしても出版に値するというのに、マクリーンはそれを四つ同時に達成しているのだ。このいまだかつてない唯一無二の作品集が、より広範な読者へ配布されることを切望している。

１９７６年シカゴ大学出版部は『ア・リバー・ランズ・スルー・イットとその他の短編（A River Runs through It and other stories）』を出版した。父は出版準備中にモンタナの森林局やその他の情報源から視覚的な資料を集めて、それを出版局のイラストレーター兼ブックデザイナーのロバート・ウィリアムズに渡した。スクラッチボードに描かれた太ったトラウトなどの絵を、父は「まるでゲフィルテ・フィッシュのようだ」と言っていた（訳注：ゲフィルテ・フィッシュはユダヤ教徒が食す、魚をミンチ状にした食品だが、古くは魚の形態を保ったまま、その腹に詰め物をしていた）。高い崖の下を流れる川を描いたウィリアムズの表紙絵（初版本）が、現実のモンタナのどこであるかを調べた熱心なファンがいたが、これは父から提供されたさまざまな図版や写真からウイリアムズが想像した合成イメージだと思われる（ウイリアムズ本人がはっきりと記憶していない）。ウィリアムズは、水を連想させるブルーカラーの絵を表紙に選んだが、初刷りと二刷目の表紙のインクがひどく退色しやすいものだったことを悔やんでいた。

父は初版本の落ち着いて品格のある表紙が大好きで、「リトル・ブルー・ブック」と呼んでいた。初版は一千五百部を超えた程度しか売れなかったが、その後じわじわと人気が高まったために増刷が決まり、同じ年に約三千六百部が売れた（初版および二刷目は二十七ページ十五行目に「adways」という誤植がある。この誤植は三刷目以降は「always 」に訂正されている。さらに初版にはＩＳＢＮ番号が「0226500551」と誤って記載されている。正しい番号は「0226500551」で、ここで初刷りか二刷目かの判別ができる。

この未発表小説に「今回限り」の例外的な機会を与えたシカゴ大出版部が、固唾《かたず》を飲んで出版界の反応を待っている中、公の場で『ア・リバー・ランズ・スルー・イット』のタイトル名が初登場したのは、フライフィッシング雑誌の老舗『フライフィッシャーマン（Fly Fisherman）』の1976年春号だった。書評氏はフライフィッシング界の大御所ライターのニック・ライオンズ。ライオンズはニューヨークのハンター・カレッジの英文学教授であり、フライフィッシング狂である点で父と酷似していた。ライオンズは書評の中で『ア・リバー』が文学的な「古典」であると断定し、同時に将来フライフィッシング界で語り継がれることになる名著になるだろうと予言している。この記事に感激した父はすぐさまライオンズに、彼にしては珍しく個人的な内容を含む手紙を送った。

――――「フライフィッシャーマンの本棚」に掲載された書評に感動しています。あの本があなたに批評されたとおりの素晴らしい本であると信じたいというのが正直な気持ちです。かえってご迷惑かもしれませんが、この物語が生まれた背景について少々お話しさせてください。この物語は私自身のためというよりも、私が愛し、いまだに理解できず、助けることもできなかった弟の思い出を残しておくべきだと考えて執筆しました。私の父の死後、弟ポールとその死について話すことができる人は身の回りからいなくなっていました。そんな長い空白期間を経て、大学を辞めた後、私は弟の死と何らかの折り合いをつけることが私自身の死と折り合いをつけることの一部であると感じ始めたのです。これが私が七十歳という年齢になって物語を書き始めた大きなきっかけです。じつは最初に書いた弟についての話は文学的に明らかに失敗していました。それはポールという人間についてではなく、私と父、あとはせいぜい飼っていた犬が彼の死をどう感じたかを記しただけのものだったのです。そこで、まずはそれを脇に置くことからスタートして、ストーリーテラーとしての自分にもっと自信を持つために他の物語を書いたのです。つまりこの本に収められた三編の中では、『ア・リバー・ランズ・スルー・イット』は最後に書いた作品ということになります。もちろんこれが最後とは考えていませんが、最高の作品でありつづけることを願っています。

その後、ニック・ライオンズが住むニューヨークで開かれた学会に出席した父は、電話をかけて面会を申し出た。これまた父としては異例の行動だ。後年、ライオンズは父から直接電話がかかってきたときにはとても驚いたが、うれしかったと言っている。

自宅に父を招いたライオンズは、シカゴ大学出版局が『フライフィッシャーマン』誌に出版前の原稿を送って、彼に書評の機会を与えてくれたことを感謝した。そこから二人は、本のこと、釣りのこと、教えること、家庭のことなどを語り合い、それが生涯にわたってつづいた友情の始まりとなった。

じつはニック・ライオンズは、私が文筆家として一人立ちする際にもあらゆる手助けをしてくれた恩人であり、彼の長女ジェニファーは現在の私の出版エージェントだ。つまり、親子そろってお世話になっているというわけだが、以前ライオンズに『ア・リバー』を書評で推した最大の理由を尋ねたことがあって、そのとき彼は次のように答えた。

――それはもうシンプルに文学性が高く、たまたま私がフライフィッシャーで、フライフィッシングの雑誌にコラムを持っていたというだけの話だよ。どんな物語でも書き出しの一行は肝心だけれども、何度読み返しても飽きることのない、あんな名文はそうそう書けるものじゃない。この書き出しから最後のセンテンスまでの間に詰まっているのは生への畏敬《いけい》で、それが作者の心の底から発せられている。もう何度も読み返している。再読に耐える作品は世間が思っているほど多くはないんだ。

『ア・リバー・ランズ・スルー・イットとその他の短編』は1976年のピューリッツァー賞フィクション部門の最終候補作となったが、受賞には至らなかった。ピューリッツァー委員会はその年の同部門を該当作なしとしたのだ。シカゴ・リーダー誌の著名なライターであるマイケル・マイナーが、後年この話を蒸し返したときの記事を中心に紹介したい。

――その年のピューリッツァー賞フィクション部門の審査委員長は、シカゴ・サンタイムズ紙の書籍編集者ハーマン・コーガンだった。コーガンは『ア・リバー』を候補の筆頭作として選出し、審査員へ「作者の洞察の幅は広く、人の生に対する多面的な描写には説得力があり、物語が特定の時間と場所であるにもかかわらず、普遍性を獲得している」という文言を添えている。

その年のフィクション部門に賞が与えられなかったとき、コーガンは憤慨した。当時シカゴ・トリビューン紙のライター兼編集者だった息子のリック・コーガンは、「父の取り乱し方は尋常じゃなかった。父とノーマンには確かに長いつき合いがあったが、あの作品に関しては友人ゆえのひいき目を差し引いても、素晴らしい作品であることはまちがいなかった」と語っている。ピューリッツァー賞の運営管理者はニューヨーク・タイムズ紙に「この年はフィクションにとって不作の年であり、頭一つ抜けた作品がなかった」と発表した。同様に、シカゴ・トリビューン紙の編集者でピューリッツァー委員会のメンバーであるクレイトン・カークパトリックも、ニューヨーク・タイムズ紙の記事の中で、ノミネートされた作品について、「我々の要求レベルに達した作品はなかった」と書いた。このカークパトリックの記事がノーマン・マクリーンの息子であるジョン・マクリーンの目を引いた。というのもジョンはカークパトリックと同じくシカゴ・トリビューン紙で働くワシントン特派員だったのだ。ジョンはすぐにカークパトリックに手紙を書いた。

マイナーの言うところの「目を引いた」という表現は、当時の私の気持ちを表現するにはあまりに控えめ過ぎる。それはともかく、そもそもシカゴ・トリビューンにはシカゴ在住の作家による注目すべき本を書評で取り上げなかった、私が言うところの「前科」がある。そこに同紙の編集者であり私の上司でもある人物が、よりによってニューヨーク・タイムズ紙で私の父の顔に泥を塗ったのだ。セカンド・シティと揶揄《やゆ》されるシカゴの人々がニューヨークに抱く感情は、「複雑」というにはあまりにネガティブに傾いている。私はカークパトリックへの手紙の封筒に「私信」と書いて以下の手紙を書いた。ちなみに「私信」というのは「敬意を払わない」ことを表明する際に使っていた社内用語だ。

――ニューヨーク・タイムズ紙が引用した「要求レベルに達した作品」に関するあなたの言葉が、もしも正確な報道であったなら私は悲しく思います。私の父であるノーマン・マクリーンが受賞を逃したことはきわめて残念ではありますが、アンフェアな結果であったとは思っていません。これは処女作であり、しかも短編集です。これまでの審査基準から考えるとかなりの逆風条件の中を、最終候補まで残ったのはそれなりの力があったからだと思います。この本が乗り越えたのは、「木が登場する」本が読者の興味を引くと考えない東海岸の出版社が、この本を出版しようとしなかったというニューイングランド偏重の米国出版界の現実です。結果的にはメディアとしてはきわめて小規模のシカゴ大学出版局が、例外的に初のフィクション作品としてこの作品を世に出すことになったわけです。小さな出版社なので常に書店の棚を満たして需要に応えることはできませんでした。にもかかわらず、この本は売れました。シカゴ大学の書店では、ソール・ベローの『フンボルトの贈り物』を上回る売れ行きでしたし、『ニューヨーク・レビュー・オブ・ブックス』、『ニューヨーク・タイムズ』、『ニューズウィーク』、『パブリッシャーズ・ウィークリー』、『シカゴ・サンタイムズ』、『シカゴ・デイリー・ニュース』、その他文字通り何十もの主要なメディアにおいて、レビュアーたちはその文学的価値を賞賛しています。大手媒体での唯一の例外は、何と我々が汗水流して働いているシカゴ・トリビューンです。私がこのような事実を語るのは、この本が「要求レベルに達していない作品」呼ばわりされるのがあまりに不本意だからです。ピューリッツァー賞や東海岸の出版社、そして我々シカゴ・トリビューンといった、ちっぽけな権威を借りなくても、この本は物語がはらむ大きな力で人の心を動かしつづけるでしょう。

カークパトリックは私に返事をくれた。彼は、白紙がこの本をレビューすべきだったことは認めたが、ピューリッツァー賞に関しては委員会の採決で決まった事実がすべてだと書いてきた。カークパトリックは、私が知る限りもっとも公平な人物の一人であり、下っ端の私が上層部の彼に批判的な私信を宛てたことに対して、会社からペナルティを受けた事実もない。父は私がカークパトリック宛にこの私信を出したことをとても喜んでくれた。

以上はマイナーが２００３年の12月12日のシカゴ・リーダー誌に書いた記事を元にしたもの

だ。マイナーはこの記事で、「明らかな不公平さや偏向が立証された場合、ピューリッツァー賞を遡及受賞することは可能なのか？」という大胆なチャレンジをしたわけだが、それは父が逝ってからすでに十三年が経過した後のことだった。

成功は何歳になってもうれしいもので、父が七十四歳の年に出版された『ア・リバー』は父を高揚させ、作家として、また公人としての前途を予感させた。本が売れ、サイン会が開かれ、講演に招かれ、文学的名声の喜びで満たされた明るい未来が開かれようとしていた。元気いっぱいに歩き、威厳のある声で話す父は、不思議に肉体的にも大きく見えた。この成功に気を良くした父は、すぐに次の作品に取りかかった。まずはモンタナのもう一つの物語、マン渓谷森林火災についてのノンフィクションを書き上げようと考えたのだ。火災現場をその目で見て以来、父はその物語を何十年間も胸の中で温めてきたからだ。その次は、西部の女性についての本になるだろう。西部を語るとき、女性は後回しにされがちだが、現実には卓越した資質を持ち、素晴らしい業績を残した女性たちが存在していた。彼女たちの物語を語る必要がある。父には書くべきテーマが無限にあるように思えた。

ある夏、『ア・リバー』が評判になった後にモンタナに戻った際、父はミズーラにあるロッキー山脈研究所に招かれ、そこで講演をした。市内随一の高級ホテル、フローレンス・ホテルには二百人以上の人々が集まり、ヒーローの帰郷を歓迎した。若い頃にボードビルショーを見た、まさにそのウィルマ・シアターの舞台に自分自身が立つ順番が回ってきたのだ。父は聴衆に向かって、「半世紀にわたって仮面をかぶり、英文学教授としてシェークスピアを教えてきましたが、じつは単なるモンタナ出身の森の男だったわけです」と言って聴衆を喜ばせたりした。

『ア・リバー』出版後の一連の騒ぎが落ち着くと、父はマン渓谷森林火災の調査に没頭するようになり、キャビンに滞在してミズーラの森林局第一地区本部の資料室などに眠っているアーカイブから丹念に事実を掘り起こした。「ア・リバー・ランズ・スルー・イット」がフライフィッシング・コミュニティから絶賛されたように、森林局の話を書いた他二篇は、森林コミュニティから高い評価と敬意を持って受け入れられた。

　森林局はかつてスモークジャンパーの現場監督を務め、第一地区の広報担当のレアード・ロビンソンを父の調査行のアシスタントに任命した。父とロビンソンはマン渓谷森林火災で生き残ったスモークジャンパーのボブ・サルリーとウォルト・ラムジーの居場所を突き止め、彼らをかつての現場に連れていくことに成功した。十五人中、十二名が殉職した大火災の、その生き残りの二名から聞くリアルな体験談により、作品の内容はより濃密なものになっていった。こうして執筆は順調に進み、完成も間近と思われたそんなタイミングで、父は突然つまずいた。自分のライティング・スタイルがドキュメンタリー作品にふさわしくないことに、今更ながら気づいてしまったのだ。

　父の文章は古典的な品位のある散文であって、マン渓谷森林火災をジャーナリスティックに再現するには無理があり過ぎた。父が考えるところの、ドキュメンタリーにふさわしい文体に仕上げるまでに、それから数年間を要した。そして、ようやく自身が満足できた最初の草稿を、『ア・リバー』を見い出したシカゴ大出版局の編集者フィッチェンに渡した。フィッチェンが下した判断は「出版できるレベルに達していない」だった。『ア・リバー』の成功で自分の筆力に自信を持っていた父は、フィッチェンの意見に納得せず、関係は破綻した。ところが草稿を見せて意見を求めた友人たちの意見もフィッチェンとさほど変わらなかったのだ。フィッチェンのダメ出しを客観的なものとして受け入れた父は、この物語にはまったく別のアプローチが必要であることを理解した。そして父が選んだのは悲劇という構造だった。そしてその執筆は彼の人生の残りをかけた長い戦いとなった。

私が電話で進捗状態を尋ねると、「昼は雲、夜は火柱」だと父は答えた。出エジプト記からのこの引用は、昼も夜も彼を手招きするマン渓谷の物語が、常に手の届かない所にある様子をよく伝えていた。父はモンタナのキャビンに閉じこもりつづけてこの物語に取り組んだ。クルーネンバーグスが「原稿をクローゼットに放り込んで、ブラックフットへ釣りに行こうぜ」と誘っても父はキャビンを離れず、本格的な冬が近づいた11月になってもシカゴに戻ろうとしなかった。

その間、私とフランシスは二人の息子、ダンとジョン・フィッツ（フィッツロイのニックネーム）を家族に加えていた。父がマン渓谷の炎の中をさまよっているこの時期、私はモンタナから足が遠のいていたが、それでも何度かキャビンで父と一緒の時間を過ごした。当時、父は八十代前半だったが、それでもシカゴからモンタナまで一人で車を運転していた。ある年、父、私、そしてジョン・フィッツの三人で、モレル・クリークの源流にあるモレル・レイクまでハイキングをして魚を釣った。モレル・レイクの湖畔からは、8月まで雪と氷が残っている標高二千メートルのスワン山脈の稜線を見渡すことができる。ボブ・マーシャル・ウィルダネスの西端を形成するその稜線から流れ出す水は、いくつもの小さな滝となって落下をつづけ、モレル・レイクのすぐ手前で大瀑布となって湖に注ぐ。

昔、父が若かった頃、モレル・レイクまでは三十キロ以上歩かなければならなかったが、伐採用の林道が奥に延びるにつれてハイキングの距離は短縮された。私たち三人が湖に行ったときに、すでにトレールは六キロほどになっていた。魚は午後一時頃になると、途端に食い渋るようになるから早起きをした。湖に着いた私たちは、湖岸に引き上げられた即席のいかだを見つけた。流木や倒木でいかだを作った釣り人は、次の釣り人のためにいかだを解体せずにそのままの形で残していくことが多いのだ。

ジョン・フィッツはフライフィッシングを始めるにはまだ若過ぎたから、藤《とう》で編まれた私のクリールをたすきがけにして、いかだの上に座らせた。私は水の中にウェーディングして、片手でいかだにつかまり、もう一方の手でキャスティングをした。魚が釣れると、私はロッドを息子の方に向けた。魚から釣り鉤を外してはクリールに入れる息子は、魚の番人としての立場に大きな満足を感じているようだった。父は岸辺の丸太の上に座り、孫と息子の奇妙な釣りを見て喜んでいた。私が釣り上げたのは、青々としたモレル・クリークの色をしたブルーバックのカットスロート・トラウトだった。

次にモレル・レイクに行ったとき、私たちは皆、数年分年を取っていた。今回はいかだはなかった。人生はそれほど楽ではないということだ。ウェットウェーディングをすると下半身が凍るような冷たい水なので、長い間立ち込みつづけるわけにはいかない。湖に着くと、すでにライズが始まっていた。湖のあちこちで、トラウトが頭を突き出すようなライズをしたり、水面をついばむようにライズして、ひっそりと波紋を広げていた。魚の口に吸い込まれる小さな生命が血となり肉となって、一匹のトラウトの生を支える。そしてそのトラウトは釣り人の血となり肉となる。その日、私は三人分の食料をクリールに入れ、あとはすべて湖に戻した。キャッチ・アンド・リリースの時代が到来していたのだ。

私が釣りをしている間、ジョン・フィッツは湖畔で父の相手をしてくれた。父は孫との時間を楽しんでいるようだったが、前回来たときのような溌剌《はつらつ》さがなかった。私は岸に戻って、父にロッドを差し出した。「父さん、バトンタッチしよう。まだ、ライズはつづいている」と言うと、彼は世界を明るく照らすような笑顔を浮かべて言った。「いや、釣りをする必要はないよ。ちょっと早いがキャビンに戻ろう」。帰路の途中までは順調だった。しかしちょうど中間辺りに差しかかる頃、父の歩行が乱れてきた。極端に後傾した姿勢になって、今にも後ろにひっくり返りそうになってきたのだ。父は笑顔を取り繕おうとしていたが、顔は引きつり、前進が容易ではなくなってきた。車まで一キロ半ほどになったとき、ジョン・フィッツは父の背中を押しはせずとも、手を当ててサポートし、話しかけては休憩をうながしていた。車までのラストスパートはかなり厳しかったが、父は何とか力を振り絞って困難を切り抜けた。ジョン・フィッツは「おじいちゃんはほんとうにタフだよ」と感心したが、車のドアを開けるなり父は助手席の座席に深く沈み込んだ。「キャビンに戻って休みたい」と父は言い、私たちは戻ることにした。シーリー・レイクに到着し、キャビン近くに設置されてあるゲートまで来たとき、ジョン・フィッツは自分が車から降りてゲートを開けると言ったが、父は自分でやると言って孫の申し出を拒み、助手席のドアを開け、自分でゲートを開けた。キャビンの中に入ると、父はすぐにベッドに横たわった。そしてそれが父と私の最後の釣行となった。

父の死（享年八十七歳）から二年後の１９９２年に初公開されたロバート・レッドフォード監督の映画「リバー・ランズ・スルー・イット」は、文学界やフライフィッシング界の枠を越え、世界中で評判になった（訳注：ノーマン・マクリーンは１９７６年の書籍出版直後にも映画化のオファーを受けたが、結果的に実現に至らずその後のオファーも拒絶している。レッドフォードのオファーはそれから十年が経ってからのことだ。マクリーンは、フライフィッシャーであるレッドフォードと「リバー・ランズ・スルー・イット」の映画化に合意したが、三回の打ち合わせをした終えたタイミングで他界してしまった）。必ずしも父の読者がレッドフォードの映画に満足したわけではなかったとしても、この映画では家族愛という普遍のテーマが非常にうまく描かれていた。老若男女のちがいを越えて、これほど広範囲の客層を満足させることのできる映画はそう多くないだろう。この映画を観た少年はポールに惹かれ、女性はブラッド・ピットに夢中になり、男性はフライフィッシングでもやってみるかと思い立った。

この映画は第六十五回アカデミー賞の撮影賞を受賞し、銀幕に映し出された美しい釣り世界は、世界的なフライフィッシング・ブームを巻き起こした。箱から出したばかりのピカピカのステットソン・ハットと真新しいベストに身を包んだ釣り人たちが、世界中の川に出現するようになったのだ。多くの釣り人がモンタナに押し寄せ、ブラックフット・リバーは巡礼スポットとなった。フライフィッシング・ショップやフィッシング・ガイドのビジネスが倍増し、彼らはブラックフット・リバーを単に「ムービー」と呼ぶようになった。

この映画の成功はブラックフット・リバーにとてつもない影響を及ぼした。映画が公開された頃のブラックフット・リバーは、モンタナ州魚類野生生物公園局が資源量の調査を打ち切ってしまうほど水質は悪化していた。トラウト・アンリミテッドのモンタナ支部のデビッド・ブルックスは「かつては誰もが知っていたブラックフット・リバーのニジマスのジャンプ力やファイトは、映画公開当時にはすでに過去の伝説になりつつあったんだ。１９９０年代にポールが生きていたとしても、あの水域から小説や映画で描かれたような巨大ニジマスを釣り上げることはできなかっただろうね」と語る。ブラックフット・リバーは１９７５年、源流のロジャース峠西斜面にあったマイクホース・ダムが決壊し、有毒鉱山廃棄物が何トンも川に流れ込むという大打撃を受けた。すぐにダム付近は有害廃棄物一掃地域に指定されたが、釣り場が元に戻るまでには数年間が必要とされた。１９８０年代に入ってトラウト・アンリミテッドは魚類調査を再開したが、ブルックスによれば、この映画はブラックフット・リバーへの寄付や支援を呼び起こし、環境への大きな変化をもたらしたという。

トラウト・アンリミテッドのビッグ・ブラックフット支部とブラックフット・チャレンジという二つの団体が、土地所有者、個人の寄付者、州および連邦政府機関と協力して、水質および釣り場改善に取り組んだ。集まった資金は即刻プロジェクトに投入されて、約千五百万ドルをかけた七十五件以上の大規模修復に加えて、五百以上の中小プロジェクトが実施された。「ブラックフット復興物語の核心は、強力な地元の参加意識によって推進されてきた」とブルックスは言い、なかでも、ノーマン、ポール、マクリーン牧師が最後に一緒に釣りをしたとされる場所の近く、ブラックフット・リバーに合流するベルモント・クリークの水量を回復させるというプロジェクトは、映画の影響なしには考えられないものだった。あらゆる種類の寄付者、自然保護団体、地元の土地所有者、その他の利害関係者の緊密な関係によって、ブラックフット・リバーの復活は河川回復のモデルケースとなったのだ。

映画が公開された数年後、ブラックフット・リバーはまたまた重大な危機を迎えた。コロラド州の鉱山会社がリンカーン近くの源流で、推定十一万キログラムの金を採掘するための巨大な露天掘事業を発表したのだ。この通称マクドナルド・プロジェクトに対する反対活動は、リチャード・マニングの『ワン・ラウンド・リバー（One Round River: The Curse of Gold and the Fight for the Big Blackfoot)』で語られる壮絶な戦いの末、州が２０００年に鉱区の採掘権を取り消して、最終的にマクドナルド社が撤退するという結果を生んでいる。さらにはブラックフット・リバーがクラーク・フォークに合流する地点にあるミルタウン・ダムが撤去され、産卵のためにトラウトがブラックフット・リバーを遡上することが可能となったのも、この映画がもたらした影響が大きい。１９０８年に完成したこの古いダムのクラーク・フォーク側の上流には、ビュートとアナコンダ付近から流出した有毒な鉱山廃棄物が大量に堆積していた。しかしながらダムがあるためにブラックフット・リバーへの道は完全に絶たれていて、トラウトたちにはクラーク・フォークを遡る以外には産卵方法はなかったのだ。１９８０年、ミルタウン・ダムと貯水池に隣接する数人の住民の飲料水からヒ素が検出され、一帯は有害廃棄物一掃地域に指定された。回復には数十年を要したが、２００８年にダムは完全に撤去され、その後の修復作業の後、２０１４年の春、ブラックフット・リバーとクラーク・フォークの合流地点はおよそ百年ぶりに元の姿に戻った。

このダム撤去を釣り人的な視点で見ると、支流のブラックフット・リバーに数多くの魚が遡上産卵することができるようになった、ということになる。つまり、本流育ちの大きく強い魚が産卵のためにブラックフット・リバーを遡り、野生種を残すということだ。後に私がマッチモア・ホールで釣り上げた大ニジマスも、このダム撤去がなければあり得なかったのである。

だからといって良いことだらけだったかというと、広く名が知られたことによるマイナス点も少なくない。映画でその名が知られるようになるまでは、ブラックフット・リバーは一般的な釣り人にとっては、さほどなじみのある川ではなかった。父が釣りをしていた時代には浮き輪やラフトボートに乗って、川にビール缶を投げ捨てながら下ってくる、彼が言うところの「無敵艦隊」が存在していたとしても、決して知名度が高い川とは言えず、クラーク・フォークやミズーリ・リバーで釣れないときのバックアップという位置づけだった。ところが映画の公開後、この川の名を知らないフライフィッシャーは存在しなくなった。ブラックフット・リバーのネームバリューを利用して川辺に豪華な宿泊施設を構えたり、最新鋭の無敵艦隊を駆使してガイドをする業者も現れた。

夏の週末になるとブラックフット・リバーの支流であるノース・フォークのフィッシングアクセスには、一日に五十艘《そう》以上のボートが下ろされ、キャンプ場は定員の二倍以上のキャンパーであふれていることも珍しくない。マディソン・リバーやミズーリ・リバーのような大人気河川であっても、たった一つのフィッシングアクセスからこれだけの大艦隊が出撃することはないだろう。あまりに川と魚にとって負荷がかかり過ぎる。ノース・フォークとブラックフット・リバーの有名ポイントをあえてスルーして、マッチモア・ホールへ直行するフィッシングガイドもいるという。釣り人の中には、トラウトに大きなダメージを負わせる三本鈎のトレブルフックを使っていたり、マッチモア・ホールで牧場の敷地に不法侵入する者もいる。今のところ、フィッシングガイド・コミュニティで自主規制の話は出ていない。たとえばスミス・リバーやビッグホール・リバーではボートによるフロートトリップを制限するなど、モンタナ州が規制を課している水域もあるが、なぜかブラックフット・リバーの過密問題には取り組んでいない。河川資源の乱用やその他のスポーツマンシップに反する行為は、今日、ブラックフット・リバーが直面している大きな課題である。名が知られることで試練をくぐり抜けたこの川は、今や有名になったことで逆に資源価値を低下させるフェーズに突入しているのである。

第九章　山火事からの招待

シカゴ・トリビューンで働き始めて三十余年が経った頃、私は西部から抗しがたい無言の挑戦を受けた。それは1994年7月6日、コロラド州中央部のストームキング・マウンテンのサウス・キャニオン火災で、三人のスモークジャンパーを含む十四人の消防士が死亡した事件のことだ。スモークジャンパーが山火事で生命を失ったのは、およそ半世紀前のマン渓谷森林火災以来のことで、さまざまな意味でストームキングでの山火事はマン渓谷の再来だった。

この火災はコロラド・リバーの上流域にある峡谷で起き、マン渓谷森林火災をコピーしたように巨大な爆弾が落とされたような爆発と共に火災が広がった。「逃げろ！」という叫び声が煙と炎に包まれて消えていき、またしても十人以上の消防士が行方不明となり、死亡した。大きな悲しみの後に残ったのは、半世紀前の教訓が生かされなかったことによる非難と責任追及だった。依然として火が消えないまま最後の遺体の捜索がつづく中で、編集者オーウェン・ヤングマンが思案げな顔をして私のデスクにやって来て、私に炎への招待状を差し出したのだ。

コロラド発のニュース記事の多くは、半世紀前のマン渓谷火災とサウス・キャニオン火災の類似性を強調していて、その比較は主に二年前の1992年に映画『リバー・ランズ・スルー・イット』

の公開と同じ年に出版された『マクリーンの渓谷(Young Men and Fire)』(水上峰雄訳　集英社刊)を元にしていた。1990年に父が逝去した後、姉のジーンと私は未完成の原稿をシカゴ大学出版局に持ち込んで、出版までの最後の難関を乗り越えた。この本の編集者アラン・トーマスは、私たちが父のためにこの本を書き直したのではないかという雑音を排除するために、あえて編集過程についての前書きをつけた。トーマスは、編集と事実確認はこの本の基本構造を変えるものではなく、言葉と文学的意匠は完全にノーマン・マクリーンのものであると記している。全米批評家協会賞を受賞するベストセラーとなったこの本によって、すでにスモークジャンパーの存在と山火事の関係についての情報は、広く一般に知られていた。『マクリーンの川』がフライフィッシング界でそうなったように、『マクリーンの渓谷』は森林界における不朽の名作となっていて、その二年後に起きたのが大量の殉職者を出したサウス・キャニオン火災だったのである。

ヤングマンは私にサウス・キャニオン火災の取材を命じ、翌朝一番の飛行機で私をコロラドに派遣することもできた。しかし私がシカゴからその時点でコロラドに飛んでも、すでにAP通信や地元紙の記者から二、三日遅れの取材となり、単なる後追いのコピー記事以上のものになる可能性は低かった。「何か良いアイディアはないかな?」と聞くヤングマンに、私は「コロラドではなくモンタナに行くってのはどうだい。急がば回れだ。

この火災はマン渓谷の再来だと誰もが言っている。8月には慰霊記念日もある。父の研究パートナーだったレアード・ロビンソンや他の人たちも喜んで協力してくれるはずだし、今回のサウス・キャニオンに関する情報をマン渓谷に持ち込んで今回の火災と比較すれば、多角的かつ正確な記事が書けるんじゃないかな」。ヤングマンは「それでいこう！」と言って、私は父の後ろ姿を追うように夏のモンタナに向かった。

8月5日、マン渓谷火災から四十五年目の記念日に、私たちの小さなグループは現場に向かった。ロビンソンは森林局の仕事を休んでこの旅に参加してくれた。他には国立公園局の退職管理官や若い英語教授、ヘレナ出身の保険会社社員、そして私のいとこのボブ・バーンズが参加してくれた。私たちはゲイツ・オブ・ザ・マウンテンズ・マリーナから十キロ下流の渓谷入り口までをバーンズのボートに乗って、そこから先を徒歩で進んだ。マン渓谷は漏斗のような形をしていて、ミズーリ・リバーは私たちが上陸した辺りでもっとも狭くなっている。しばらく歩くと当時のスモークジャンパーの主任だったR・ワグナー、通称ワグ・ダッジが、峡谷を遡ってくる火の玉を見た所に着いた。彼とスモークジャンパーたちはその地点から急いで引き返したが、それは後に「勝てないレース」と呼ばれることになる、遅過ぎた撤退だった。

渓谷をさらに上へ登ると、突き出た壁に囲まれた広い円形闘技場のような地帯へ出る。ダッジと部下たちは背後に火の手が迫りくる中をその円形闘技場に入った。地獄のような炎の壁に追われながら、若い男たちが険しい山腹をよじ登ったり転んだりしている姿に、歓喜の笑みを浮かべているサタンの顔を想像するのは、特殊な空想能力がなくてもできることだ。ダッジは迫りくる炎の前の樹木に自ら火をつけて緩衝地帯を作ると、その灰の中に身を横たえて部下に真似をするように呼びかけた。しかしながら、誰一人として上長であるダッジの指示を守らなかった。結果的に円形競技場の壁に空いた亀裂をくぐり抜けた、サリとラムジーの二人以外は全員生命を落とした。

その半世紀後にコロラドで起きた事故は、まるでマン渓谷をなぞるような経過をたどった。消防士の一団が、狭い渓谷で予期せぬ炎の爆発を目撃し、身を翻して脇の崖をよじ登るように脱出しようとしたが、一人を除いて全員が死亡したのだ。

ミズーラのスモークジャンパーであるドン・マッキーはその火線区間を担当していた。マッキーはまず、仲間のスモークジャンパーたちを安全な尾根に誘導した。このとき彼は自分の役目をそこで終わりにすれば助かった。しかしマッキーは十二名の消防士を自分の担当区間で見殺しにすることを自分に許さず、十二名の消防士たちと合流するために火線に沿って引き返したのだ。マッキーを含めたこの一団で唯一生き残ったのはノースカスケードのスモークジャンパー、エリック・ヒプケだった。彼は尾根の頂上まで脱出することに成功したが、安全な場所に飛び移ろうとした際に火に追いつかれて両手に大やけどを負った。ヘリコプターで出動した乗組員二名もこのグループとは別の経路をたどって山に入り、火災に巻き込まれて生命を落とし、この火災での殉職者の総数は十四名となった。

マン渓谷への取材行で、私たちはサリとラムジーが突破してたどり着いた尾根の頂上まで歩いた。頂上に着いたとき私たちの息は上がっていたが、水を飲むと落ち着いた。一息ついたところで眺め回した斜面には、男たちが倒れた場所を示す十字架が点在していた。十字架はとても小さく、かつ草に埋もれて目立たなかった。それなのに、その十字架を認識した途端に目の前の光景が意味を持ち始め、やがて私の心に悲しみが広がり始めた。

今回の事故では何が見逃されていたのだろうか？　ストームキング・マウンテンでの十四人の死は、明らかに「通常ではない何か」が起きたことを意味していた。「もしノーマンが生きていたら、今回の事故をどう思ったか、私にはよくわかるよ。まちがいなく憤慨して、怒り、そしてその後に傷つき、落胆しただろう。どうしてまた起こってしまったんだ、とね。マン渓谷のようなことが二度と起こらないように、彼は人生の最後の時間をあの作品に費やしたんだからね」とロビンソンは言った。

森林局はマン渓谷森林火災の後、消火活動の安全対策を重視した標準命令を策定した。父はマン渓谷での殉職が決してむだ死にではなく、本に書かれたように、「次の大惨事のときに別な生命を救うためのものだった」と信じていた。しかしその願いはストームキング・マウンテンで打ち砕かれてしまったのだ。

ストームキングの消防士たちの中には逃げ道があった者もいれば、周囲に樹木が生い茂っていて、マン渓谷でドッジが取ったような脱出方法がなかった者もいた。強風が吹くという予報は知っていたが、当初の予想より早めに吹き始めるという最新情報を受け取っていなかったし、交信が多過ぎるために無線は混線し、情報を聞き取ることのできるレベルが維持されていなかったのだ。

天候の変化を察してもっと早く安全な場所に避難することができたのではないか、という意見に対して、消火活動経験のある人たちは、夏山で天候が急変するのはきわめて当たり前のことで、嵐が接近するたびに撤収していたら火を消すことなんてできやしない、と反論する。そして若者という存在は父が書いていたとおり、文字通りの意味でも比喩的な意味でも、火に挑みたがるものなのだ。ヘレナから来た保険会社のジム・フォン・メーターの言葉を借りると「若い連中は毒をなめても死なないと思い込んでいる」のだ。そもそも森林局が若者を募集するのは、そんな向こう見ずさを知ってのことなのだから。罪深いといえば罪深いことだが、世の中には誰かが命がけでやらなければならない仕事があることも事実なのである。現場での取材を終えた私たちは、マン渓谷をこの場に眠る守り神たちに任せて、そこを後にした。

私はトリビューン紙に記事を書き、職場、消防署、そして父への義務を果たし、一件落着した気分だった。

取材中にもっとも印象に残ったのは、やはり悲劇的なヒーローであるドン・マッキーの決断だった。ドン・マッキーを知る人たちはドンの人生最後の決断に対して、皆口をそろえて「まさしくあれがドンなんだ」と言った。

私は報告とお礼を兼ねて、ミズーラ近郊のビタールート渓谷に住むドン・マッキーの両親、ボブとナディーンに電話した。彼らは、開拓時代のマウンテンマンのような希代のアウトドアマンだった息子について話したがった。自分の生命をなげうって消防士を助けようとした彼の決断について電話で話しているうちに、私の中に奇妙な衝動が湧き上がってきた。そしてボブと私は翌年の春（１９９５年）に、ストームキング・マウンテンでドンが引き返すという運命的な決断をした地点を突き止めようと計画したのだった。

年が明ける頃、私はこの山火事についての執筆企画書を出版社へ送り、同時に勤めていたトリビューン紙を辞める準備をしていた。それが直接的な理由ではなかったとしても、当時五十二歳だった私の退職決意がドン・マッキーという人物の英雄的な決断に影響されたことはまちがいない。自分が歩んできた人生と、これから歩もうとしている残りの人生を考えずにはいられなくなったのだ。つまりストームキングの山火事が私の心に飛び火したのだった。

トリビューンで働きつづければ、まちがいなくリスクの低い安全な生活を送ることができる。しかしほんとうにそれが残りの人生で私がやるべきことなのだろうか？　そんな熾火《おきび》のような熱く小さな疑問が私を苦しめ始め、やがて身を焼くような炎となった。私には先を進むドンの背中が見えた。死ぬかもしれない、いやきっと死ぬだろう、それでもやらなければならないことがある。そう語る男の背中には正義と真実の後光が差していた。毒をなめたら死ぬとわかっている年になって、新しい道を進もうとしている自分が愚かなのかどうか、それは神のみぞ知るということだ。

辞表を提出したまさにその当日に、出版社から出版決定の連絡が入った。どうして人生の一大事が、こういった不思議なタイミングで起こるのかはわからないが、父が『マクリーンの渓谷』に書いたとおり、生死を決定するのは論理的な思考でも、科学的な帰結でも、周到な計画でもなく、単なる運なのだろう。

数日後のエイプリルフール、会社というくびきを解かれた私は、ジープ・チェロキーに乗ってコロラドへの長い旅を始めた。それは暖かな春の日だった。サウス・キャニオンに入ったボブと私は、ドンが火線上にいる十数人の消防士を救うために戻る決心をした場所を、尾根の急斜面で特定することができた。ドンの持ち場だった火線は尾根の頂上で終わっていて、火災が発生する直前、隊員たちはそこで作業を中断してランチ休憩を取っていた。ドンが安全な場所まで誘導して生き残ったスモークジャンパーたちが、その場所をはっきりと覚えていたのだ。

ボブと私は、ドンが決断を下した場所に立った。眼下には雄大なコロラド・リバーが流れ、広い地平線にはロッキー山脈の背骨となる山々が無数に広がっている。地平と足下の間には州間高速道70号線が走っていて、高速道路近くの草地には住宅地が広がっている。足下からつづく斜面にはいくつかのトレールが縦横に延びている。私たちはしばらくの間、それぞれの思いを胸に静かにそこにたたずんでいた。ドン・マッキーの決断には人間の尊厳、優しさ、強さといったヒロイックな要素がすべてそろっていた。今日の森林消防世界では、山火事の現場で他人のために命を賭けることを「ドン・マッキー・モーメント」と呼ぶ。

こうして私の第二のキャリアは、何の因果か父が人生の最後に捧げた西部での山火事についての執筆によってスタートしたのである。現地調査のためにしばしばシーリー・レイクのキャビンに長期滞在し、父がマン渓谷森林火災に向かい合ったときと同じキャビンで過ごし、同じキッチンで料理をして、同じベッドで寝た。ベッドはスチール製の簡易ベッドで、夜は恐ろしく寒かった。薄いマットレスの下には保温のために新聞紙が敷き詰められていたが、それは1970年代の新聞だった。湖岸からは、湖の北端にあるシーリー・レイク・レンジャーステーションが見えた。スモークジャンパーの訓練施設はさらに近く、私たちのキャビンから歩いてすぐのキャンプ・パクソンにあり、スモークジャンパーの訓練生たちが使う滑走路はそこから五キロほど先にあった。父を含めたスモークジャンプとのつながりは、私の身の回りの至る所にあった。

わかってはいたが、あるとき友人が警告してくれた。「君が何を書いても、『マクリーンの渓谷』と比較されるよ」。じっさい、ドン・マッキーに尾根の安全地帯に誘導されて生還することができたクエンティン・ローズというミズーラのスモークジャンパーは、「ノーマン・マクリーンを生き返らせないと、この話を正確に書けるヤツなんていないない」と発言していた。

その当時、作家として一人立ちしようとしていた私は、自分のスタイルを確立することに苦労していた。父が採用したアプローチ方法や書き方を真似することを禁じ、自分自身を物語に登場させず、ストレートで簡潔なジャーナリスティックな手法で書こうと決めてはいたが、自分でなくては書けない文章というものは、そうそう簡単に身につけられるものではなかった。

それでもサウス・キャニオン火災から五年が経過した1999年、ようやく完成した『森林火災（Fire on the Mountain）』は幸運なことに世の中から好意的に迎えられ、作家としての滑り出しでつまずかなかった私はひとまず安堵した。そして次に書いた本も、その次に書いた本も山火事の本だった。私は別のテーマを見つけようともがいたが、私の周囲はいつも火事だらけだった。作家として独立して以来、私は六冊の本を書いたが、すべて炎の話だ。父が『ア・リバー』のラストセンテンスに「水に取りつかれている」と記したように、私は炎に取りつかれているのだ。

キャビンに長期滞在するようになった私は、自分が時代遅れの釣り人になっていることを知った。フライフィッシングは私とモンタナのつながりのバロメーターで、すなわちシカゴ・トリビューン時代の私は、フライフィッシングをおろそかにしていたということだ。

キャビンに戻ってから私はフライフィッシングの道具をそろえ直したが、その進歩には驚かされた。また釣り方もウェットフライからドライフライへと切り替え、キャスティングも勉強し直し、すべての魚をリリースするようにした。父から受け継いだ習慣どおり私は朝に執筆し、午後にフライロッドを手にブラックフット・リバーや他の川に向かうというルーティンが確立した。私はようやくモンタナに戻ってきたという実感を得た。

年を経るごとに釣れる魚のサイズが上がっていった。私が若い頃ならシーズンベストとなっただろう五十センチを超すニジマスも釣れた。しかし、すでに私の中では魚のサイズは重要ではなくなっていた。私の家族にとってのフライフィッシングとは、大きさや数で測定できる以上の意味があるのだ。私たち家族は、生きている者、死んだ者を問わず、互いのコミュニケーションを取る手段としてフライフィッシングをする。私たちはモンタナの現在を維持して、かつてのフロンティアを思い起こすためにフライフィッシングをする。私たちがフライフィッシングをするのは、それが家族の世代から世代へと受け継がれるべき遺産であり、かつ宗教同様の生きるルールだからだ。

その秋の朝、風は完全に止まっていた。湖面には一本のさざ波もなく、シーリー・レイクがまるで巨大な一枚ガラスになってしまったかのようだった。一帯は張り詰めたような静けさに包まれていた。

シーリー・レイクはかつては素晴らしいトラウト・フィッシングの釣り場だったが、1990年代にクリアウォーター・リバー流域に違法に放たれたノーザン・パイクによって、トラウトにとっては巨大な死刑場と化してしまった。

ノーザン・パイクはシーリー・レイクにすんでいたトラウト、パーチ、ラージマウスバス、サンフィッシュ、カエル、ヘビなど、かみ殺せるものすべてに刃を立てて殺戮《さつりく》し、自らを巨大化させた。野生生物の個体数は天候や自然環境、その他のさまざまな要因によってアップダウンを繰り返す。ことに閉塞的な環境である湖では、その影響が極端になる傾向が強い。

シーリー・レイクに関していえば、ノーザン・パイクは湖での酒池肉林を繰り返した結果、過密状態に陥ってしまい、大きな個体を維持できなくなり小型化した。たくさんの魚がたむろしている場所を釣り人が見逃すはずもなく、次第にシーリー・レイクのノーザンパイクの数は減っていき、次に過密となったのは釣り人だった。過密となると、競争が激しくなるのはどの世界でも同じで、釣りではなく、手っ取り早くヤスで突く者も現れた。数を減らしたノーザンパイクは残った個体の巨大化が再び進み、２０１０年には一メートル超えのノーザンパイクが釣り上げられた。ノーザン・パイクは原産地では素晴らしいゲームフィッシュだろうが、シーリー・レイクではいつまで経っても外来魚のレッテルが貼られつづけている哀れな魚だ。

ブラックフット・リバーは、秋になるとアスペンやコットンウッドの葉が盛大に水面に落ちて流される。落葉の季節は水生昆虫よりも、木々から落下する葉にしがみついていた陸生の昆虫が魚の食欲を満足させることが多い。日々下がっていく水温で、魚は表層に姿を見せ始め、大きなトラウトを狙うシーズン最後のチャンスだ。しかしその数日間は、快晴と無風状態がつづいていたため、落下昆虫による魚の食欲のスイッチが入っていなかった。

私は連日ブラックフット・リバーまで車を走らせては運試しを繰り返していたが、こんなに釣れない秋は記憶になかった。過去に実績のあるどのポイントに入ってもダメだった。ここで釣れなければこの川に魚はいない、というほどのポイントでも釣れなかった。こういった状況を、父は、ホームで観客に嫌われた、と表現していたが、まさしくその秋、私は町一番の嫌われ者だったのだ。

敗戦に次ぐ敗戦で自信を失った私は、ある日の午後遅く湖畔に座り込んで、父がしばしば口にした「運」を思っていた。運というのは、何かのきっかけがないと方向転換してくれないものだ。

しかしブラックフット・リバーは雲がやって来て、風が吹いてくれないと状況は変わらないだろう。スワン・リバーへ転戦してみるか？　峠の向こうでは天気も多少はちがっているかもしれない。釣りの支度をすませた私はキャビンから湖につづいている坂に座り、行き先を逡巡《しゅんじゅん》しつつぼんやりと湖面を眺めていた。そのときだった。ゼリーのような水面をぶるりと揺する程度の小さなライズが起こった。

連戦連敗の私は、その小さなライズを見て、運を変えるためにたまにはシーリー・レイクで釣ってみるか、という気分になった。私は湖岸にもやいであるカヌーに乗り込み、湖を波立たせないように、ほんの数度だけパドルをこいだ。幸運にも湖岸のライズはつづいていた。ライズはすぐに射程距離に入った。私は秋に湖に落下する陸生昆虫をイメージした大型のドライフライをそのライズに向かってキャストした。その一投目だった。巨大な何かが大きなフライをひと飲みにし、湖面に渦を残してすぐに湖底へと潜行した。たちまちリールが悲鳴を上げ始めた。ノーザンパイクはめったなことではドライフライに反応しない。私はその魚がトラウトであることを願いながらファイトをつづけた。魚はなかなか姿を現さなかった。魚体が確認できたのは、力尽きた魚が水面近くまで上がってきた三十分後のことだった。湖面に盛大なしぶきを上げながら最後の抵抗をする魚のあごの下に一条の赤い筋が見えた。信じられない！　巨大なカットスロートだったのだ。

ついに力尽きた対戦相手は、ロッドに引っ張られるままにカヌーに寄ってきた。近くで見て、今更ながら大きさに圧倒された。カットスロートは一般的にエラや腹部を鮮やかな赤に染めた個体が多いが、その魚はほとんど銀毛化していて、アゴの下の赤いライン以外の全身は淡い銀色の衣で包まれていた。シーリー・レイクの水底近くには、ノーザン・パイクに混じって巨大なトラウトが生息していることは知られていたが、まさか湖面でライズしている魚がいるとは。父の時代でさえ、シーリー・レイクでこのサイズのトラウトが釣れたという話は聞いたこともなかったし、ドライフライで釣れたなんて言ったらホラ話として一笑に付されるにちがいなかった。

私は有頂天だった。魚は釣り上げた後もカヌーの中で激しく暴れて、船体に勢いよく体をぶつけた。魚は七十センチを超えていた。私はポケットカメラで写真を撮った。私は魚を押さえ、フライを外し、そのトラウトを湖にリリースした。すると魚は石のように沈んでいった。

私は息を飲んだ。浮かび上がってきてくれという祈りは届かず、湖は少し前までの圧倒的な静寂を取り戻した。私はリリースに失敗したのだ。自分の未熟さに我慢できなかった私は、湖面に映った自分の影を殴りつけた。とても釣りをつづける気分ではなかった。私はカヌーをこいで岸に戻った。岸にロッドを放り投げて腰を下ろし、大魚が沈んでいる死の湖を見つめた。私は止まってしまった魚の心臓を思った。止める必要のない生物の心臓を止めてしまったのだ。風は吹かず、湖面はガラスのようだった。耐えがたかった私は妻に電話して、自分の心を落ち着かせた。

その六年後、何かの話からシーリー・レイクにキャビンを持つジェフ・ワイズハートにそのときの写真を見せることになった。写真には船底に横たわった魚とフライロッドが写っていた。ジェフは私がその魚を釣ったのが、自分が心臓のバイパス手術を受けて命拾いしたのと同じ年であることに奇縁を感じたようだった。そしてジェフは私に内緒で、写真を元にした実物大のカービングフィッシュを製作したのだ。魚体をウェスタン・シダー、尾をレッドウッド、ヒレはアスペンから削り出されていた。しかも魚の土台は、山火事から持ち帰った焦げたジュニパーの木の塊だった。ジェフの義理の息子ショーンがモンタナ州のビタールート・ホットショットで消防士をしていて、彼が消し止めた火事の手土産だったのだ。私の経歴さえ考えてくれた素敵なプレゼントだったが、私は自分のリリースの失敗を思い出したくなかった。ジェフには申し訳なかったが、自分のキャビンに飾る気にはなれず、シーリー・レイクにあるガスステーション「ロベロ」のアドリアン・マルクスに相談して、レジ上の壁に飾ってもらうことにした。マルクスによると、この魚について尋ねてくる釣り客が多いという。彼には、質問してきた客には、いかにして愚かな釣り人が長生きをした一匹の大魚の生命を奪ったかという話をするようにお願いしている。この魚の悲劇が繰り返されないように。

エピローグ――ホーム・ウォーターズ

ブラックフット・リバーは独特の地質と硬い岩盤のおかげで、マクリーン牧師が釣りをした時代、父とポールが釣りをした時代、ジョージ・クルーネンバーグスが釣りをした時代、そして私とバーンズ家が加わった時代と、見たところあまり変わっていない。だからかどうか私はここで釣りをしていて、一人でいると感じたことはない。何世代もの家族の存在とその絆の気配が私を包み込んでいるように思える。ブラックフット・リバーには幾多の物語が流れているのだ。

ケン・バーンズは皆の大好きな叔父で、母の最愛の弟であり、楽しい時間を過ごす術を知っている男だったが、あれほど変化を好まない人物は他にいなかった。もし人生で何かを変えるとしたら、毎朝の朝食にハムを追加して、昼食のサンドイッチにマヨネーズを塗るようにするのが、精いっぱいの変化だというほど保守的だった。そんな彼だからこそ、引っ越さずにウルフ・クリークにとどまったのだ。そのおかげで、私たちはキャビン以外でもモンタナと深く関わりありつづけることができた。ケンの妻ドッティは一族内で釣りをする唯一の女性だった。春、ウルフ・クリークを流れるリトルプリックリーペア・クリークが増水すると、彼女はケンが持っていたプリンス・アルバートのタバコ缶に土とミミズを詰めて川へと向かった。そしてニワトリ小屋のすぐ裏にあるポイントに行って、マクリーン家では背教とされるミミズのエサ釣りでトラウトを釣った。魚がかかると彼女は釣り鉤を外しさえせず、背教徒どころか悪魔そのものになって、魚を地面に引きずりながらキッチンに急いだ。私と姉が幼かった頃、彼女からのクリスマス・プレゼントは古いニワトリのエサ袋を自分で縫ったパジャマだった。その後の彼女からのプレゼントで私がもっとも気に入っていたのは、「クール・ウォーター（Cool Water）」や「タンブリング・タンブル・ウィード（Tumbling Tumble-weeds）」といった曲が収録されているサンズ・オブ・ザ・パイオニアーズのレコード・アルバムだった。叔母はそのプレゼントを渡すとき、私に「私たちは開拓者の子どもたちなのだから」と言って笑っていた。彼らは物質的には裕福ではなかったが、人の幸福が物質に邪魔されていることを知っている稀《まれ》な夫婦だったのだ。

巨大ニジマスは相棒のジェイ・プロップスが差し出すネットを何度も拒絶しては、私のフライリールからフライラインを引き出していった。まごつくジェイに苛立っていた私だったが、遅ればせながらようやく気がついた。ジェイが悪いわけではない、ネットが小さ過ぎるのだった。しかしジェイも私も粘り強かった。どんなに強い生物でも体力の限界というものがある。高い尾根を越えることができなかった不運なスモークジャンパーのように、その魚は私という悪魔から手を振りほどくことができなかった。疲れ果てた魚はネットに頭を入れ、なおも半身を外に飛び出させながらも、ようやく白旗を上げた。とうとう私は伝説のブラックフットの大ニジマスを釣り上げることができたのだ。私は喜んだというよりは、マクリーン家に生まれついた者としての義務を果たしたような、どちらかというと安堵した気分だった。苦しそうにエラで呼吸する魚を見つめ、私はこれでようやく叔父のポールとつながったと思った。もうそれだけで良かった。

それから後の私の行動は迅速だった。シーリー・レイクの過ちを繰り返すことはできない。魚は疲れ切っていて、一刻も早く水に戻さなければならなかった。ところが川に戻すと白い腹を見せて浮かんできてしまった。私は悪夢を見るような気分だった。ほとんど魚を水から出していないというのに。きっと水温が高いために魚の疲労が激しいのだ。

しかし幸運なことに、私にはキャッチ・アンド・リリースの時代を生きてきた十分な経験があった。焦らずに魚の姿勢を戻して、酸素を口から入れるように川の上流に頭を向けて体を支えた。魚はその場にとどまろうとしてヒレを伸ばし、エラを大きく膨らませた。手で支えていた魚の腹に、力がこもり始めた。魚は今、自力で浮いている。一分、いやそれ以上経っただろうか、魚は全身を波打つようにくねらせると、勢いよく深みへと泳いでいき、すぐに見えなくなった。

私は岸際に倒れている木に歩み寄った。川の流れが樹皮をはぎ取り、木の幹の下半分を真っ白にしていた。私はその下半身を白骨にした倒木に腰を下ろした。大きく見開かれた魚の目、クリムゾンレッドの帯、サーモンのような頭。そんなイメージの破片が私の脳裏に勢いよく舞い散った。やはりいたのだ、守り神のような伝説の巨大ニジマスが。

巨大ニジマスを釣り上げようと釣り上げまいと、時は待ったなしで先に進んでいく。川は釣り人の喜びや嘆きを休むことなく下流に流し去りながら、いっときも休むことなく、非情なほど公平に、ただただ流れつづけるのだ。それでも私たちは釣りをする。川に生命の落とし文をするように、フライフィッシングをすることによって自分が生きていた痕跡を残そうとする。祖父のように、父のように、ポールのように。

訳者あとがき

本書は2021年にジョン・マクリーン（John N. Maclean）が著した、『Home Waters』の日本語版である。ジョン・マクリーンは1943年にシカゴで生まれ、大学卒業後の1964年にシカゴ・シティ・ニュースというジャーナリスト養成機関を経て、シカゴの二大紙の一つであるシカゴ・トリビューンの記者となった。その後、五十一歳のときに書いた『森林火災（Fire on the Mountain）』を転機にフリーライターとして独立し、以降本書を含めて六冊の本を著している。

本書は著者が八十歳を迎える間際に書かれた作品で、自身の少年時代から始まる家族との思い出が中心に記された年代記だ。作家ならずとも、人は誰しもいつかどこかのタイミングで自分の人生を振り返りたくなるものだが、こと本書に限っては自伝的ではあっても、著者本人はあくまでも語り手にとどまっていて、自伝にありがちな自己撞着《どうちゃく》的なべたつき感がない。それどころか、むしろやらなければならない宿題をようやくやり終えたという感がある。著者の宿題とは、父であるノーマン・マクリーンのベストセラー小説『マクリーンの川（A River Runs Through It）』にまつわる噂の真相を明らかにすることだった。

父親のノーマン・マクリーンがこのきわめて自伝的な小説『マクリーンの川』を書いたのは彼

が七十歳のときのことで、弟ポールの思い出を残すことが自らの使命だと感じて書いた結果である。ノーマンの息子のジョンも父親の血を引き継いだストイックな性格のようで、やるべきことを放っておくことができなかったらしい。作家としての父子をその著作だけで比較してみても、驚くほど似ている。二人ともフライフィッシングと山（火事）についての本しか書いていないのだ。西部の血が流れているんだなあと思わないではいられないが、ノーマンの父であるマクリーン牧師は東部カナダのノバスコシアの生まれで、Macleanという名が示すように、先祖はスコットランド人だ。一族のストイックさの底にはスコティッシュの血が流れているということなのだろうが、そもそもフライフィッシングというのは、「釣りをストイックにしたらこうなった」といった趣のある釣りである。「水辺で一日中釣り糸を垂れている」というのが、一般的な人が思うところの釣り人のイメージだろうが、フライフィッシングにおいては、ときに朝から晩まで水辺にたたずみながらも、一投もせずに引き返すことさえあるのである。

『マクリーンの川』が書かれたのは1976年で、その初出の批評でフライフィッシングは「世間一般にはあまり知られていないアウトドアスポーツ」という扱われ方をしている。それからおよそ半世紀を経た今、アメリカにおけるフライフィッシング人口は六百五十万人（その三十パーセント弱が女性）といわれる規模にまで膨張したが、その最大の起爆剤がこの小説と映画『リバー・ランズ・スルー・イット』であったことに異を唱える関係者はいないはずだ。

古今東西たくさんの作家が釣りに関する小説を書いてきた。あくまでも私見だが、釣り小説というジャンルがあるとするなら、名作と呼べる作品は世界に二つしかない。一つはアーネスト・ヘミングウェイの『大きな二つの心臓の川』で、もう一つが『マクリーンの川』である。それほどに難しいジャンルなのだ。釣りの物語は、犬や猫などのペットや野生動物との交流に関する物語とちがって、相手である魚との間に心が通い合うということがない。加害者と被害者という宿命的な関係を、犯罪小説的に書くことは不可能ではないと思うが、何しろ相手は魚だから、哺乳類的な共感しやすさからはほど遠く、擬人化が難しい。そういった意味でもっとも成功しているのがヘミングウェイの『老人と海』だが、あれは釣りではなく漁師の物語だ。ドラマという形式は、主人公の映し鏡として常に他者を必要としている。魚が相手だと一般的なドラマの手法が通用しないのだ。「その魚は生きた川の宝石のように美しく、その姿にうっとりとなった」と語る主人公を見上げているのは、口に鋭い金属が突き刺さって息も絶え絶えの魚なのだ。この一方通行性をベースに、片思いのつらさ、もしくはサディストの悲しみあたりを表現できれば、ノーマン・マクリーンに次ぐ世界で三番目の釣り小説になるのかもしれないが、それが曲芸並みの難しさだとわかっている釣り好きの作家たちは、釣り周辺の人間関係や主人公の心の葛藤に筆を向けることになり、その結果として釣りは背景へと身を引いてしまうのだ。そしてそのウサを晴らすように、釣り好きの作家たちは釣りのエッセイを書くわけだ。

一方で、『二つの心臓の大きな川』と『マクリーンの川』においては、主人公が釣りをすること自体が生きている証となっているために、釣りが背景に退くことがない。別な言い方をすれば、釣りの中に主人公の人生があるために、物語の中で語られるすべての事々が釣りに絡んでくることになる。ことに『マクリーンの川』では、釣り人の物語が主人公だけでなく、家族や一族全体へと広がっていくために、読み終わってページを閉じた読者の心の中にもブラックフット・リバーが流れつづけるような感覚が残るのである。

本書はそんな名作『マクリーンの川』が書かれた背景、「ア・リバー・ランズ・スルー・イット」の「イット」とは何だったのか、内容に関する虚実の開陳、ピューリッツァー賞候補となりながら受賞を逃した事情、その後のノーマン・マクリーンの挫折、そして未完の作品にまつわる事々などが手に取るようによくわかる内容の作品である。『マクリーンの川』の読者、そして映画「リバー・ランズ・スルー・イット」のファンにとって、もっともショッキングかつ印象的だったのはノーマンの弟ポールの死だろう。映画ではブラット・ピットが演じて、一躍スターダムにのし上がった役柄だが、現実のポールも相当ハンサムな男だったらしい。働いていたシカゴ大学では、(そう、じつはモンタナで殺されたというのはフィクションで、現実はノーマンの導きでシカゴに移って働いていた)、ランチタイムになるとポールを一目見たいという女子職員が大学の通路で待ち伏せしていたという。そして本書では、その後ポールがたどった運命が、判明している限りで詳しく語られている。

本書の翻訳に当たっては、友人の高橋学、文恵夫妻に多くの助言をいただきました。ご夫妻の優れた語学力のおかげで致命的な誤訳を避けることができました。ここに記して感謝いたします。

著者略歴

ジョン・N・マクリーン（John N. Maclean）は１９４３年米国イリノイ州シカゴで、『マクリーンの川』で知られるノーマン・マクリーンと妻のジェシー・マクリーンの長男として生まれる。１９６４年、イリノイ州マウントキャロルにあるシマー大学を卒業後、１９６５年にシカゴ・トリビューンに入社して記者となり、その後１９７０年にワシントンＤＣで外交関係の通信員となる。ワシントンＤＣ時代にハーバード大の特別研究員（ニーマン・フェロー）に選ばれた後に、キッシンジャーの番記者として名を馳せ、外交会談のために海外へ向かうキッシンジャーへの同行が許された数少ない記者の一人となった。１９９４年、コロラドのサウスキャニオンで起こった森林火災の取材をきっかけにシカゴ・トリビューンを退社し、フリーのライターとなる。これまでに六冊の著作があるが、本書を除くとすべてが森林火災に関連した題材をテーマとしている。

ホーム・ウォーター　リバー・ランズ・スルー・イット、その時代と真実

著者　ジョン・マクリーン

訳者　阪東幸成

装丁　ふらい人書房　編集部

校正　舟串彰文

発行日　2024年10月4日　第一版

発行者　ふらい人書房

印刷所　株式会社　藤プリント

発行所　ふらい人書房

東京都町田市三輪緑山2-25-21

HP　www.flybito.net

e-mail　flybito@me.co

ISBN978-4-909174-16-1